北欧
文学译丛

国家出版基金项目
NATIONAL PUBLICATION FOUNDATION

冰宫

Is-slottet

Tarjei Vesaas

[挪威] 塔尔耶·韦索斯　著

张莹冰　译

中国国际广播出版社

绚丽多姿的"北极光"

——为"北欧文学译丛"作的序言

石琴娥

2017年的春天来得特别地早，刚进入3月没有几天，楼下院子里的白玉兰已经怒放，樱花树也已经含苞待放了。就在这样春光明媚、怡人的日子里，我收到中国国际广播出版社文史编辑部主任张娟平女士打来的电话，想让我来主编一套当代北欧五国的文学丛书，拟以长篇小说为主，兼选一些少量有代表性的短篇小说、诗歌等，篇目为50—80部左右。不久之后，中国国际广播出版社的王钦仁总编辑和张娟平主任又郑重其事地来到寒舍，对我说，他们想做一套有规模、有品位的北欧文学丛书，希望能得到我的支持，帮助他们挑选书目、遴选译者，并担任该丛书的主编。

大家知道，随着电子阅读器和智能手机的普及，越来越多的人通过电子设备来阅读书籍。在目前的网络和数码时代，出现了网络文学、有声书和电子书，甚至还出现了人工智能创作的作品，纸质书籍受到极大冲击，出版纸质书籍遇到了很大困难。有的出版社也让我推荐过北欧作品，但大都是一本或两本而已，还有的出版社希望我推荐已经过版权期的作品，以此来节省一些成本。而中国国际广播出版社却希望出版以当代为主的作品，规模又如此之大，而且总编辑又亲临寒舍来说明他们的出版计划和缘由，我被他们的执着精神和认真态度所感动，更被他们追求精神品位的人文热情所感动。我佩服出版社的魄力和勇气。面对他们的热情和宝贵的执着精神，我怎能拒绝，当然应该义不容辞地和他们一起合作，高质量、高品位地出好这套丛书。

大家也许都注意到，在近二三十年世界各国现代化状况的各类排行榜上，无论是幸福指数，还是GDP或者是人均总收入，还是环境保护或者宜居程度，从受教育程度和质量、医疗保障到养老、失业等社会保障，还有从男女平等到无种族歧视，等等，北欧五国莫不居于世界最前列，或者轮流坐庄拿冠夺魁，或是统统包圆儿前三名，可以无须夸张地说，北欧五国在许多方面实际上超过了当今世界霸主美国，而居于当今世界发达国家最前列，成为世界现代化发展中的又一类模式。

大家一般喜欢把世界文学比作一座大花园，各个时期涌现出来的不同流派中的众多作家和作品犹如奇花异葩、争妍斗艳。北欧文学是这座大花园里的一部分，国际文学中，特别是西欧文学中的流派稍迟一些都会在北欧出现。北欧的大自然，由于地理位置、自然环境和气候条件，没有小桥流水般的婀娜多姿，而另有一种胜景情致，那就是挺拔参天、枝叶茂盛的大树，树木草地之间还有斑斓似锦的各色野花和大片鲜灵欲滴的浆果莓类。放眼望去，自有一股气魄粗犷、豪放、狂野、雄壮的美。北欧的文学大花园正如自然界的大花园一样，具有一股阳刚的气概、粗豪的风度。它的美在于刚直挺立、气势崴嵬。它并不以琴瑟和鸣般珠圆玉润和撩拨心弦的柔美乐声取胜，却是以黄钟大吕般雄浑洪亮而高亢激昂的震颤强音见长。前者婉转优雅、流畅明快，后者豪迈恢宏、气壮山河。如果说欧洲其余部分的文学是前者的话，那么北欧文学就是后者。正如鲁迅所说，北欧文学"刚健质朴"，它为欧洲文学大花园平添了苍劲挺拔的气魄。以笔者愚见，这就是北欧五国文学的出众特色，也是它们的长处所在。

文学反映社会现实。它对社会的发展其功虽不是急火猛药，其利却深广莫测。它对社会起着虽非立竿见影却又无处不在的潜移默化作用。那么，北欧各国的当代文学作品是如何反映北欧当代社会的呢？它对北欧各国的现代化发展是不是起了推动促进作用了呢？也许我们能从这套丛书中看到一些端倪。

北欧五国除了丹麦以外，都有国土位于北极圈或接近北极圈。北极光是那里特有的景象。尤其到了冬天夜晚，常常能见到北极光在空中闪烁。最常见的是白色。当然有时也能见到五彩缤纷、绚丽多姿的北极光。北欧五国的文学流派众多，题材多样，写作手法奇异多姿，犹如缤纷绚丽的北极光在世界文坛上发光闪烁。

北欧包括5个国家：丹麦、芬兰、冰岛、挪威和瑞典。讲起当代的北欧文学，北欧文学史上一般是从丹麦文学评论家和文学史家勃朗兑斯（Georg Brandes，1842—1927）于1871年末在丹麦哥本哈根大学所作的《十九世纪文学主流》算起，被称为"现代突破"。从19世纪的1871年末到目前21世纪的2018年近150年的时间里，一大批有才华的作家活跃在北欧文坛上。在群英荟萃之中，出现了几位旷世文豪，如挪威的"现代戏剧之父"亨利克·易卜生，瑞典文学巨匠——小说家、戏剧家斯特林堡和荣获诺贝尔文学奖的第一位女作家、新浪漫主义文学代表塞尔玛·拉格洛夫，丹麦1944年诺贝尔文学奖获得者约翰纳斯·维尔海姆·延森和芬兰的批判现实主义作家约翰·阿霍等。"北欧文学译丛"拟以长篇小说为主，间选少量短篇作品，所以除了易卜生，因其作品主要是戏剧外，其他几位大家的作品我们都选编进了本系列。这些巨匠有的是当代北欧文学的开创者，有的是北欧当代文学中各种流派的代表和领军人物，都是北欧当代文学中的重要作家，他们的作品经历了时间考验。

在北欧文坛中，拥有众多有成就有影响的工人作家是其一大特色。有的还获得了诺贝尔文学奖，成为世界级的大文豪。这些工人作家大多自身是农村雇工或工人，有过失业、饥饿或其他痛苦的经历，经过自学成为作家。他们用笔描写自己切身的悲惨遭遇，对地主、资产阶级剥削和压榨写得既具体细腻，又深刻生动。正是他们构成了北欧20世纪以来现实主义文学的主流。在这些工人作家中最突出的有丹麦的马丁·安德逊·尼克索和瑞典的伊瓦尔·洛-约翰松等。对这些在北欧文坛上占有重要地位的工人作家的作品，我们当然是不能忽略的，把他们的代表作选进了这套丛书之中。

除了以上这些久享盛誉的作家外，我们也选了新近崛起的、出生于1970和1980年代的作家，如出生于1980年的瑞典作家乔安娜·瑟戴尔和出生于1981年的挪威作家拉斯·彼得·斯维恩等。他们的作品在北欧受到很大欢迎，有的被拍成电影，有的被搬上舞台。这些作品，虽然没有经历过时间的考验，但却真实地反映了目前北欧的现状，值得收进本丛书之中。

从流派来看，我们既选了现实主义作品，也不忽略浪漫主义、超现实主义和意识流的作品，力求使读者对北欧当代文学有个较为全面的印象。从作家本人的情况看，我们既选了大家公认的声誉卓越的作家的作品，也选了个别有争议作家的作品，如挪威作家克努特·汉姆生，他是现代挪威、北欧和世界文坛上最受争议的文学家。他从流浪打工开始，1920年成为诺贝尔文学奖得主，晚年沦为纳粹主义的应声虫和德国法西斯占领当局的支持者，从受人欢呼的云端跌入遭国人唾骂的泥潭，而他毕竟是现代主义文学和心理派小说的开创者和宗师，在20世纪现代文学中扮演了承上启下的转型角色。我们把他的"心理文学"代表作《神秘》收进本丛书。这部作品突破传统小说的诸多常规要素，着力于通过无目的、无意识的内心独白，以及运用思想流、意识流的手法来揭示个性心理活动，并探索一些更深层次的人生哲理。1978年诺贝尔文学奖得主、美国作家艾萨克·辛格说："在我们这个世纪里，整个现代文学都能够追溯到汉姆生，因为从任何意义上他都是现代文学之父……20世纪所有现代小说均源出汉姆生。"我们把这个有争议作家的作品选入我们的丛书，一方面是对北欧和世界文学在我国的译介起到补苴罅漏的作用，另一方面也可进一步了解现代文学的来龙去脉，以资参考借鉴。

总之，我们选材的宗旨是：把北欧各国文学史中在各个时期占有重要地位作家的代表作收进本丛书。虽然本丛书将有50—80部之多，但是同150年的时间长河和各时期各流派的代表作家和作品之多比起来，这些作品还是不能把所有重要作家的作品全部收入进来。譬如瑞典作家扬·米尔达尔（Jan Myrdal，1927—　）是20世纪60年代中期出现的一种新兴文学——报道文学的代表人物之一，他的《来自中国农村的报告》（1963）成为当时许多国家研究中国问题的必读参考材料，被译成十几种文字多次出版。尽管他的这本书因材料详尽、内容真实、记载细腻而风靡一时，但在这套丛书中，不得不割爱，而是选了其他在国际上更为著名的瑞典作家作品。

本丛书中的所有作品，除了极个别以外，基本都是直接从原文翻译，我们的目的是想让读者能够阅读到原汁原味的当代北欧文学。同英语、俄语、法语等大语种翻译比起来，我们直接从北欧语言翻译到中文的历史不长，译者亦不多，水平不高，经验也不足，译文中一定存在不少毛病和欠缺之处，望读者多多包涵，也请读者给我们提出宝贵的建议和意见，便于我们改进。

本丛书能够付梓问世，首先要感谢中国国际广播出版社社长张宇清先生和总编辑王钦仁先生，没有他们坚挺经典文化的执着精神和开拓进取的勇气，这部丛书是不可能跟读者见面的。我还要感谢本书所有的编委，是他们在成书过程中做了大量工作，从选材、物色译者到联系有关国家文化官员和机构，都付出了辛勤的劳动。不仅如此，他们还亲自翻译作品。没有他们的默默奉献和通力合作，这部丛书是难以完成的。在编选过程中，承蒙北欧五国对外文化委员会给予大力帮助和提供宝贵的意见，北欧五国驻华使馆的文化官员们也给予了热情关怀，谨向他们致以衷心的感谢。对编选工作中存在的疏漏和不足，还望读者们不吝指正。

2018 年 6 月

于北京潘家园寓所

石琴娥，1936 年生于上海。中国社会科学院外国文学研究所北欧文学专家。曾任中国－北欧文学会副会长。长期在我国驻瑞典和冰岛使馆工作。曾是瑞典斯德哥尔摩大学、丹麦哥本哈根大学和挪威奥斯陆大学访问学者和教授。主编《北欧当代短篇小说》、冰岛《萨迦选集》等，为《中国大百科全书》及多种词典撰写北欧文学、历史、戏剧等词条。著有《北欧文学史》、《欧洲文学史》（北欧五国部分）、"九五"重大项目《20 世纪外国文学史》（北欧五国部分）等。主要译著有《埃达》《萨迦》《尼尔斯骑鹅旅行记》《安徒生童话与故事全集》等。曾获瑞典作家基金奖、2001 年和 2003 年国家图书奖提名奖、第五届（2001）和第六届（2003）全国优秀外国文学图书奖一等奖、安徒生国际大奖（2006）。荣获中国翻译家协会资深荣誉证书（2007）、丹麦国旗骑士勋章（2010）、瑞典皇家北极星勋章（2017）等。

译 序

张莹冰

塔尔耶·韦索斯（Tarjei Vesaas，1897—1970），挪威著名诗人和小说家。1897年出生于挪威泰勒马克维尼耶地区的一个农场主家庭。在世界文坛上，塔尔耶·韦索斯被公认为是"二战"之后最伟大的挪威作家，曾三次获得诺贝尔文学奖提名。

青年时代的韦索斯生性孤僻，大部分时间喜欢独处。他终日流连于大自然，寻求安宁惬意的生活。他曾因拒绝接管家庭农场而一度对家人心存内疚。这种内疚感在他后来的写作生涯中一直伴随左右，挥之不去。他亲历第一次世界大战，目睹战争给人类带来的毁灭性灾难，战争的阴影在他的心灵深处留下了难以磨灭的印记。

韦索斯的写作生涯先后长达近50年，从1923年持续至1970年。他的作品全部用新挪威语（尼诺斯克语）写成，这是一种在口语基础上衍生发展而成的传统挪威书面文字，有别于目前通用的挪威文（一种由丹麦文演变而来的波克默尔语）。韦索斯的作品通常以散文诗体的形式出现，文字简洁而充满象征寓意。故事中的主人公常常是质朴的乡下人，主人公多经历过一系列剧烈的心理震荡。韦索斯尤其擅长对故事主人公的心理进行深刻地描述与剖析。作品主题通常涉及死亡、焦虑、负疚感以及其他深刻而复杂的人类情感。挪威壮丽的自然风光经常出现在韦索斯的作品中。他的处女作《人类的孩子们》发表于

1923 年，然而真正使其家喻户晓的作品是在 1934 年出版的《了不起的时代》。也正是由于韦索斯作品的出现，以及他对新挪威语的娴熟运用与热爱，才使得这一古老的书面语言被世人知晓，及至最终被世界文坛接纳，在世界经典文坛获得一席之地。

《冰宫》（Is-slottet）是韦索斯最为成功的作品之一，故事讲述了两个女孩的生死情谊。他的另一部作品《飞鸟》，描述的是一个具有孩童般简单思维的成年人的故事。韦索斯凭借他柔软细密的心思与丰富的想象力，最终成为世人眼中一位风格独特的优秀作家。

作为一名多产作家，韦索斯获得了一系列的荣誉与奖项。这其中包括 1943 年获得"戈登戴尔杰出作家奖"；1963 年，《冰宫》以其原汁原味且令人着迷的文字风格，获得了享有崇高声誉的文学大奖——"北欧理事会奖"；1953 年，《风》获得"威尼斯大奖"。同时，韦索斯分别在 1964 年、1968 年和 1969 年三次获得诺贝尔文学奖提名。

韦索斯的一些著作在生前陆续被翻译成英文，其中大多数作品交由英国彼得欧文出版社出版，这当中包括《春夜》、《飞鸟》、《掠过光秃秃的树枝》和《冰宫》。

《冰宫》中译本为国内首次出版的韦索斯作品。在此借韦索斯之笔，让我们一起走进挪威奇特壮美的大自然，感受作者笔下人物内心的跌宕起伏，领略韦索斯简约唯美而纯净的语言境界。

＊　　＊　　＊

《冰宫》的整体篇幅与故事情节看似简单，细读之下，却不难发现处处隐藏着作者细腻深刻的写作手法。作者借着季节的更替和大自然的变化，通过丰富的隐喻，藏而不露地刻画出人物内心变化的情感历程。

11 岁的乌娜是个害羞内向的女孩，成长于一个单亲家庭。由于母亲的突然离世，她搬到乡下与她唯一的亲人姨妈同住。出乎所有人的意料，在这个新环境中，她与学校里一个性格外向热情的女孩——希斯结下了友谊，并由此迸发出一段生死情谊。在希斯初次去乌娜家拜访的那个晚上，她们向彼此表达了自己内心那种强烈的感受。但是乌娜的一些陌生举动以及欲言又止的蹊跷言语，令希斯觉察到一种来自心底的莫名恐慌，于是匆匆起身离去。面对希斯的匆忙离去，性格内敛的乌娜感觉自己无法再像以往一样面对希斯。于是，在一个初冬的早晨，她独自前往冰宫探索，借以逃避次日见面的难堪。不料，她却一去不返。

冬日降临，希斯的心如同远方那座神秘的冰宫一样，坚固而封闭，她拒绝接受任何形式的安抚与劝慰。她甚至自动放弃了在同学圈中的领导地位，渐渐退缩至墙角，变成了那个曾经的乌娜，成为静静的旁观者。在坚守自己许下的承诺的同时，她的内心充满了矛盾、自责与挣扎，她无助却拒绝寻求帮助。作者借助细腻的文笔描绘出希斯绝望与无助的心理状态。所有这些，随着深冬的挪威风景，一起沉入万籁俱寂的黑暗之中。

冬去春来，随着日子一天天过去，冰宫在微妙的季节变化中渐渐融蚀，如同希斯冰封的内心，随着周围环境的变化，在缓慢而不易觉察地消融。

作者凭借其对人物内心敏锐的洞察力，以丰富的暗喻手法，将希斯内心的微妙变化，通过周围人的言行以及自然界中冰雪、飞鸟、森林湖泊、河流瀑布发生的渐变，一一细腻地描绘出来。

借助韦索斯之笔，读者得以一窥居住在挪威偏远山区那些心地善良的人们，看到他们如何在无意中实践心理创伤康复疗法。在这里，不仅有医生和希斯父母的参与，还有学校的同学、邻居家俊朗的小伙，更有老姨——那个压抑着内心丧失至亲之痛的老妇人，为恢复希斯日后健康心理做出的疏导与隐忍。正是这些普通人，以极大的耐心与爱心小心呵护希斯受伤的脆弱心灵，给予她足够的时间与空间，只为等待她走出阴影的一天。

在对未成年人的情感教育方面，我们似乎更多地强调忠诚与承诺的重要性。当经历人生突如其来的变故与灾难的时候，人们在关注灾难表象的同时，往往忽略了由此给当事人带来的心灵创伤，以及接踵而至的漫长的心理康复过程。如何陪伴受伤的心灵度过这一艰难时段，是所有人需要学习的功课。毕竟，生活在继续，未来的路依旧漫长。有些重担既然是我们不能承受的生命之重，应当学会放下。唯有真正放下，方能轻快前行。

本书中，希斯内心对于友情与忠诚的理解与挣扎、对朋友的思念、那美丽奇妙而又令人恐怖的冰宫瀑布、乌娜前往冰宫的致命之旅——所有这些，通过作者简练如行云流水般的抒情之笔，使得这部作品从北欧现代文学中脱颖而出，成为一篇可圈可点的佳作。

谨以此书献给所有孤独、羞涩、内心丰富而敏感的人们。

2019 年 4 月于北京

译者简介：张莹冰，籍贯广东。英国文学学士与管理学硕士。相关译作包括玛格丽特·阿特伍德（加拿大）的短篇小说及其他北欧作家作品。

目　录

第一章　希斯和乌娜

1. 希斯

　　一方白皙娇嫩的额头在黑暗中隐约可见，那是十一岁的女孩，希斯。

　　虽然只是下午时分，天色已渐暗。这是一个霜气浓重的深秋下午。天上有星星，看不见月亮，地上也没有可供反光的积雪，一切都使得黑暗更加深沉，即便有微弱的星光也无济于事。路的两旁是死寂的森林，总让人怀疑里面有什么东西会随时从空中颤抖着复活。

　　希斯脑子里充斥着各样想法。她将自己裹得严严实实，在寒冷的黑暗中疾行。此刻，她正走在通往乌娜家的路上。这是她第一次去乌娜家。其实她对乌娜知之甚少，头一回去见一个自己不了解的人，不由得令她感到格外兴奋。

　　突然，远处传来一阵巨响，把她吓了一跳，打断了她的思绪。这突如其来的声音，正是她一直在惴惴不安中所期待的。它像一阵拖长尾音的爆破声，由近至远，消失在远方，随即一切重归沉寂。响声是从下面那个大湖发出来的。其实也没啥可怕的，实际上这是一件好事儿，它预示着湖面的冰层正在逐渐增厚，冻得愈加瓷实了。这声音如同一阵枪响，噼里啪啦地沿着冰面刀锋般狭窄的细长裂缝从湖面表层直蹿入湖底——随着每一个清晨的降临，湖面的冰

003

变得越来越结实。今年秋天的霜冻天气可真是够厉害的。

空气凛冽刺骨。可是希斯并不怕冷，寒冷对于她而言没啥了不起的。刚才黑暗中的那一声巨响把她吓了一跳，但是随即她就继续镇定地往前走去。

通往乌娜家的路并不长，希斯对这条路非常熟悉，这与她上学的路几乎是同一个方向，途中有一条岔路从大道拐出去。这也是父母允许她单独外出的原因，他们对此并不担心，哪怕明知天色已暗。"这是一条大路。"出门的时候她听见父母的对话。她不吭声地听着，其实她是害怕黑暗的。

虽说是大路，可是一个人独行的时候就不那么轻松了。黑暗中，她能感觉到自己额头上的汗毛一根根地立起；心脏在她厚实暖和的外套底下突突地跳着。她支棱起两只耳朵，因为道路两旁实在是太静了，又因为她知道黑暗中还有更多支棱着的耳朵存在，此刻它们正悄悄地在窃听着她的一举一动。

这也是为什么她需要使劲儿跺脚，踏着步子走在硬邦邦的路上，这样她才能听见自己的脚步声。如果屈从于内心的恐惧踮起脚尖儿悄声走路，那她就完蛋了。更不用说傻到拔腿开跑，不消一会儿肯定会让自己跑得上气不接下气，惊恐不堪。

今天晚上她一定要去见乌娜，想到夜是这样漫长，天早早就擦黑了，他们一定有充裕的时间在一起。她可以和乌娜待上好一阵子，这样回家还能赶上平时上床睡觉的时间。

不知道待会儿到了乌娜家会发生什么事。我相信肯定会很有意思的。为了这一天，我已经等了整个秋天，从乌娜走进学校的第一天开始。我自己也不知道为什么。

　　两个人想见面的念头其实也就是今天才突然萌发的。经过这么长时间的心理准备，她们终于要将这一切付诸行动了。
　　走在通往乌娜家的路上，希斯在期待中瑟瑟发抖。一层细密冰凉的汗珠从她光滑的额头上渗出。

2. 乌娜

希斯笔直僵硬地走在大路上，对即将到来的一切充满了莫名的激动。她努力在心里回想着关于乌娜的一切，借此喝退心底对黑暗的恐惧。

其实她对乌娜知之甚少，向周围的人打听也没啥用，他们似乎也不比她知道的更多。

乌娜是这儿的新客。去年春天她从很远的地方迁到这里。在此之前她俩素不相识。听这里的人说，乌娜是成为孤儿之后才搬到这边的。她妈妈是个未婚单身女人，前些时候因病去世了。她们在当地举目无亲，只是在这边有个大姐。于是在妈妈去世之后，乌娜搬到这里来投奔她的老姨。

老姨住在这儿已经有很长时间了。虽然她们两家离得很近，但是希斯对她几乎完全不了解。老姨独自住在一栋小木屋里，靠自己打点一切。平日里，大家很少见到她，只是偶尔在去商店的路上碰到她。听说乌娜的到来令老姨非常欢喜。希斯曾经去过老姨家里一次，那还是在好几年前乌娜还没有搬过来的时候。母亲带她去找老姨帮忙做些针线活儿。希斯还记得那个坐在房间里的孤独身影，她性情温和，所有人都说她是个好人。

乌娜刚来的时候，情形也和老姨差不多。她没有像大家期待的那样直接加入女生们的小群体。在路上，她们偶尔遇到乌娜，或者是在其他低头不见抬头见的地方。每当这时候，她们会彼此对视，如同陌生人一般。其余再也没有什么可做的了。她没有父母，这让她处于一种特殊的境地之中，仿佛被一种难以言状的光环所笼罩。不过女生们也知道，随着秋季新学年的到来，这种情况很快就会结束的——她们终将在学校见面。

整个夏天，希斯没有尝试去结交乌娜。偶尔，她也会在路上碰到乌娜，看见她与和蔼的老姨走在一起。她注意到自己与乌娜身高相仿。当她们经过彼此的时候，会吃惊地对视一眼，蓦地涨红了脸。她们自己也不明白为什么内心会有如此的震惊，一定是有什么原因吧。

听说乌娜是个羞涩的姑娘。大家听罢心里很激动，女生们都盼着能在学校里结识这个害羞的小姑娘。

希斯期待这一刻的到来还有另一个理由：她一直是大家公认的课外活动领头人。在吵吵嚷嚷的课间时分，她总是那个给大伙儿出主意的人，虽然她从来都没有为此刻意争取过，但实际情况就是这样了，而且她也不讨厌成为大家的头儿。她期待着乌娜来学校的时候，能够由她以一班之主的身份接纳乌娜，邀请她加入他们的团体。

开学了，班上的同学照例围在希斯身旁，男生也不例外。希斯知道自己非常享受这种感觉，而且她也愿意在这个学期继续努力维持自己在大家心目中的地位。

乌娜羞涩地站在一旁，和他们保持着一定的距离。所有人用审视挑剔的目光打量着她，随即就在心里接纳了她。她看起来没啥问题，一个招人喜爱的漂亮小姑娘。

可是她站在原地不动。他们试图做些小动作来吸引她的注意，好让她加入他们，但是没有用。希斯站在伙伴们中间等着她主动采取行动，第一天就这样过去了。

接连好几天又过去了，乌娜还是没有靠近他们的意思。终于，希斯忍不住了，她走到乌娜面前："你不想过来和我们一起玩吗？"

乌娜轻轻地摇了摇头。

但是她们立刻发现自己喜欢上了对方。两个人好奇地打量着彼此，我一定要认识她！虽然心里有疑惑，但是毫无疑问这事儿就这么决定了。

听见乌娜这么说，希斯吃惊地重复问道："你不打算加入我们吗？"

乌娜有些发窘地微笑道："不。"

"为什么不？"

乌娜还是难为情地笑着说道："我不能。"

此刻，希斯发觉她们俩似乎正在玩着一场充满诱惑的游戏。

"你到底是怎么啦？"希斯冒失地脱口而出，话音刚落自己就后悔了。乌娜并未察觉有什么不妥。相反她把这话当真了。

乌娜的脸涨得通红，"不，不是这样的，我只是——"

"不是，我没有别的意思。我其实是想说大家一起玩才有意思。"

"别再问我这些了，好吗？"乌娜最后说道。

希斯感觉仿佛有一盆凉水从头顶泼下来，令她哑口无言。带着一种被羞辱的感觉，她朝同伴们走去，告诉他们刚才发生的一切。

于是大家不再邀请她，留她自己一个人站在那里，看他们游戏。有人说她是自负，但是这种说法并不被大家接受，也没有人和她开玩笑——她身上似乎自带一种气场，让人没法和她开玩笑。

课堂上，乌娜很快就显示出她是所有学生当中最聪慧的一个。但她并未因此就对他们摆架子，于是大家只好心怀怨怼地向她表示敬意。

希斯将一切看在眼里。她能感觉到乌娜在学校的那种孤僻，似乎自带一种力量。她既未迷失自我，也不显得可怜兮兮的。希斯成功运用自己的威信赢得了在伙伴心目中的地位。可是与此同时，她又觉得乌娜站在那里似乎比她更强大，虽然她什么也没做，也没得到任何人的支持。她正在一点点地输给乌娜，也许她的小伙伴们也是这样想的？只不过他们谁都没有说出来罢了。希斯和乌娜站在那里，如同两个角力的对手，只不过这是一场无声的较量，一场关乎她与那个新来的小姑娘之间的较量。甚至没有人给出任何暗示，一切在令人难以觉察之中进行。

没过多久，希斯发现乌娜的眼睛一直在课堂上追着自己。乌娜坐在她后面几排，她有足够的机会来做这事儿。

她感觉身体里有一种隐约的刺痛，这种感觉竟是如此美妙，她甚至都不想对人隐瞒。她假装不去关心这事儿，但是却不由得深陷其中而不能自拔，她尽情地享受着那种奇妙的快意。在那双眼睛里，她看不到探究和嫉妒，那是一种充满渴望的眼神——当然啦，这只是当她的反应足够快，能够在某个回头瞬间捕捉住她那短暂一瞥的时候。从乌娜的目光中她读出了一份期盼。可是，一旦来到室外，乌娜就会装出一副满不在乎的样子，不再有任何举动，只是远远地站在一旁看他们玩耍。时不时地，希斯能感觉到身体里那种熟悉而甜蜜的刺痛感，她知道那是乌娜正在她的身后注视着她。

她意识到自己还从未与这双眼睛对视过，她似乎还不敢与它们对视——只是在某些个疏忽的瞬间，它们有过短暂闪烁的交集。

可是乌娜想干吗呢？

总有一天她会告诉我的。

教室外，乌娜站在墙边看大家玩耍，没有加入他们的任何游戏。她静静地站在那里观望。

等等，最好还是再等等吧。这一天总会到来的。至少一段时间之内，她必须满足于目前的状态，虽然这一切显得有点怪怪的。

她可不能让别人发现她的小秘密，她自认为自己把一切藏得严严实实的。直到有一天，她的一个小伙伴略带醋意地对她说："我不得不说，你对乌娜挺感兴趣的吧？"

"没有。"

"真的没有吗？你一直盯着她看，你以为我们没有注意到啊？"

我有吗？希斯愕然思忖着。

那个小伙伴酸溜溜地大笑起来："我们早就注意到你了，希斯。"

"好吧，你说是就是了。我就想做自己喜欢做的事情。"

"耶！"

希斯在心里一直琢磨着这件事情，现在机会终于来了，此时此刻，就在今日！这也是为什么她今天走在这条路上的原因。

一大早她的课桌里躺着一张便条："希斯，我必须见你。"署名：乌娜。

仿佛有一束光从什么地方照射过来。

她回过头，正好与那双眼睛对视。顷刻之间它们融为一体。多么奇妙的感觉啊，她想不出还有什么能比这种感觉更加奇妙。她的脑子里一片空白。

令人激动的一整天，纸条在课桌间传来传去，一直有热心的小手在助她们一臂之力。

"我也想见你。"署名：希斯。

"什么时候见？"

"你想什么时候见都行，乌娜。咱们可以今天见面。"

"那就今天见。"

"你今天能和我一起回家吗，乌娜？"

"不行，你得去我家。否则我就不能见你了。"

希斯猛地回过头去，这是什么意思啊？她的目光与乌娜相碰，乌娜朝她点头证实。于是她立即毫不犹豫地回复道："行，我去你家。"

纸条传递完毕。直到放学时分，一整天她们不再说一句话。放学的时候，她们站在学校门口飞快而羞涩地交谈，希斯问乌娜是否还是愿意跟她一起回家。

"不行，为什么我必须跟你回家啊？"

希斯迟疑了一下。她知道这样做的主要原因就是因为她家里有些东西是乌娜老姨家没有的——而且她也习惯了带朋友去自己家。但是她不好意思把这些话说出来。

"没关系，不去也没有什么的。"

"你不是说好了要去我家的吗？"

"是的，不过现在我还不能直接去你家，我得先回一趟家，这样爸爸妈妈才知道我去哪里了。"

"嗯，有道理。"

"这样的话，我就晚上再过去吧。"希斯说道，心里充满了各样的好奇。那一圈笼罩在乌娜周身的神秘光环令她倍感着迷。

希斯对乌娜的了解仅限于此。回家通报父母之后，此刻她正走在前往乌娜家的路上。

严寒悄悄地侵蚀着她的身子。靴子将地面踩得嘎吱作响。远处下方的湖面上，冰层不时传来雷鸣般的响声。不一会儿，乌娜和老姨的那栋小木屋就映入眼帘。屋子里透出的灯光，照亮了霜冻的椴树枝头。她心跳加速，在欢喜中充满着期待。

3. 夜晚

乌娜想必是一直站在窗前守候着希斯,因为还没等希斯走到门口,她就迎了出来。身上还穿着她在学校里穿的校裤。

"外面一定已经全黑了吧?"她问道。

"黑吗?哦,是有点黑,不过没关系的。"希斯淡定地答道。其实她是非常恐惧黑暗的,尤其当她抄近道穿过那片树林子的时候。

"外面肯定很冷吧?今晚这边可真冷啊。"

"这些都没关系。"

"真高兴你愿意来我们家。"乌娜说道。"老姨说好久以前你来过我们家一次,那时候你还是个小孩子。"

"嗯,我也记得。只是那时候我还不认识你。"

她们一边说话,一边打量着彼此。这时候老姨走出来了,她开心地微笑着。

"这是老姨。"乌娜介绍道。

"晚上好,希斯。赶紧进里面来吧,别站在那儿给冻着了,进屋里暖和的地方,然后把外套脱了。"

乌娜的老姨是个和蔼的妇人。希斯走进温暖的小客厅,脱下冻得硬邦邦的靴子。

"你还记得以前来这里时候的样子吗?"

"不记得了。"

"我们这里没什么变化，和当初一模一样。那时你和妈妈一起来的，我记得很清楚呢。"

老姨似乎很健谈，也许她很少有机会像这样与人聊天。乌娜站在一旁等着，等着老姨把她的客人还给她。可是老姨似乎并不打算这么快就结束她的话题。

"自打那以后，我总是经常在各处看到你，当然也没什么理由让你再来我们家——直到乌娜搬过来和我同住，一切就变得不一样啦。你知道吗，乌娜和我住在一起真是让我开心呢。"

站在一旁的乌娜开始变得不耐烦了。

"我知道啦，乌娜。你先别着急呀，希斯得先喝点东西进肚子里，好让她的身子暖和一下。"

"我不冷的。"

"都在炉子上准备好啦。"老姨说道，"我想这会儿出门，尤其是在这个季节，是太冷了点。改天你找个礼拜天再来我们家，那样可以多待一会儿。"

希斯望着乌娜说："恐怕今天我是没法像您说的那样了。"老姨温和地笑起来。"当然不行啦，不过……"

"不过我可以争取赶在爸爸妈妈上床之前回家。"

"嗯，好的。快过来喝点东西吧。"

她们喝着老姨准备的饮品，浑身温暖而舒畅。

希斯周身被一种莫名的兴奋所环绕，那是一种令她难以捉摸而又刺激的感觉。她们马上就可以单独在一起了。

乌娜说："我有自己的房间，待会儿咱们去我的房间。"

希斯的神经立刻紧绷起来，马上就要开始了。

"你也有自己的房间吧，希斯？"

希斯点点头。

"咱们走吧。"

和蔼而健谈的老姨似乎也想跟着她们一起进到乌娜的卧室，不过这显然是行不通的，乌娜果断地挡住了她。于是老姨只好自己一个人留在客厅里。

乌娜的房间看上去非常整洁，但是希斯还是在第一时间感觉到它在什么地方有些奇怪。房间里有两盏灯，墙上贴满了从报纸上剪下来的各种剪报，其中有一张照片，照片上的女人长得和乌娜很像，无须多问就知道她是谁。只过了一会儿，希斯就不觉得这个房间有什么奇怪了，相反她觉得它和自己的房间非常相似。

乌娜用探究的目光看着希斯。"房间不错。"希斯说道。

"你的呢？比这更大一点吗？"

"没有，和你的差不多。"

"没必要用那么大的房间。"

"嗯，确实是。"

在谈话继续进行之前，她们得找点什么无关紧要的话题来打发时间。希斯坐在房间里唯一的一把椅子上，她穿着长裤的双腿朝椅子前方伸出去。乌娜坐在床沿，两条腿在空中晃着。

终于，两人恢复了常态。她们开始用探寻的目光仔细打量和审视对方。这不是简单意义上的审视——出于一些神秘未知的原因，俩人都觉得有点难为情，因为她们渴望成为对方最要好的朋友。在相互交织的目光中，她们可以读出对彼此的了解与渴望，但是仍然觉得非常的羞涩和难为情。

乌娜跳下床，走到门口关上卧室门，然后把门反锁。

希斯被关门声吓了一跳，她飞快地问道："你这是要干什么呀？"

　　"哦，她随时都会进来的。"

　　"你害怕她进来吗？"

　　"害怕？当然不。不是那么回事，我只想让我们俩单独在一起，任何人这会儿都不许进来。"

　　"对，任何人这会儿都不许进来。"希斯重复道，心里升起一种快乐的感觉。她能感觉到与乌娜的情感纽带正在逐渐牢固。她们回到各自的位置，重新陷入沉默。然后乌娜问道："希斯，你几岁？"

　　"刚满 11 岁。"

　　"我也是 11 岁。"乌娜说道。

　　"咱俩的个头也差不多。"

　　"是的，我们的身材相仿。"乌娜说道。虽然彼此被对方深深吸引，但是两个人都不知道该如何将谈话继续下去。于是她们只好尴尬地看着摆放在面前的编织活计。房间里暖融融的，炉火烧得很旺，当然也不全是因为炉火的原因。两个人如果不是心心相印，再旺的炉火也无济于事。

　　坐拥于温暖之中，希斯问道："你喜欢住在我们这里吗？"

　　"嗯，我喜欢和老姨住在一起。"

　　"当然。不过我的意思是，在学校里你喜欢和我们一起吗？为什么你从来都不……"

　　"你瞧，我说过你不再问我这个问题的。"乌娜简略地打断了希斯的问话，而希斯已经在后悔刚才提出的问题了。

　　"你会一直在这儿待下去吧？"她飞快地问道。这个问题总不至于有什么危险吧？她会介意吗？这样提问会不会有什么问题？她心里不是特别有把握。显然这种问题也很容易引申到其他方面。

"是的，我会在这里一直住下去。"乌娜答道。"除了老姨，我已经没有其他的亲人了。"

她们又陷入了沉默。然后乌娜试探性地向希斯问道："为什么你不问我关于我妈妈的问题？"

"什么？"希斯将目光从墙上移开，仿佛被问住了。"我不知道。"她说。

不可避免地她再次与乌娜的目光交会。这个问题终于还是来了，它必须有个答案，因为这事儿事关重大。她结结巴巴地说："我想，是因为去年春天她去世了吗？我知道的就这么多。"

乌娜大声而清晰地回答她："我母亲没有结过婚，所以我才没有……"她突然停了下来。

希斯点点头。

乌娜接着说："去年春天她生了一场病，然后就去世了。她刚病一个星期就死了。"

"哦。"

说完这些话，两人都如释重负，房间里的气氛也轻松了许多。这个地方的人都知道乌娜刚才告诉她的这些事情，去年春天乌娜刚搬来的时候，老姨就把这些告诉了大家，而且只会说得更详细。难道乌娜不知道吗？不过，在她们的友谊即将巩固加深的初始阶段，重提这件事情还是很有必要的。除此之外，还有其他的一些事情，"你知道我父亲吗？"乌娜问道。

"不知道。"

"我也不知道。除了妈咪告诉我的事情之外。我从来也没有见过他。他有一辆汽车。"

"唔，我觉得他会有辆车。"

"为什么？"

"噢，我也不知道。一般情况下，大人都应该有一辆汽车吧。"

"对，我也觉得是这样的。虽然我从来都没有见过他。现在除了老姨之外，我再也没有别的亲人了，我一辈子都要和老姨在一起了。"

是啊！希斯欣喜地想道。乌娜可以在这里住一辈子了。乌娜有着一双清澈的眸子，当初就是这双眼睛让希斯为之着迷。她们不再谈论父母的事情，希斯也没有提起自己的爸爸妈妈，她猜想乌娜对他们一定已经很了解了。他们住在一幢体面的房子里，父亲有一份像样的工作，他们衣食无忧，她觉得没什么可以告诉乌娜的。乌娜也没有向她打听他们。就好像希斯的家人比乌娜还少似的。

但是她还记得问起她的兄弟姐妹。

"你应该有兄弟姐妹吧，希斯？"

"没有，就我一个。"

"那就方便多了。"乌娜说道。

对希斯而言，乌娜的回答意义深刻：她将在这里长久地住下来，她们的友谊如同一条平坦的大道在她们眼前就此展开。此刻，一些重大的事情已然发生。

"当然方便了，这意味着我们有更多的时间经常见面。"

"我们在学校就是每天见面的。"

"那倒也是。"

两人短暂地相视而笑。这样就简单了，一切变得顺理成章起来。乌娜取下挂在墙上的一面镜子，将它举起来搁在自己的大腿上。

"你过来看看。"

希斯不明就里，挨着乌娜坐到床边。俩人各扶着镜子的一角，把它举到眼前，一动不动地紧挨着坐在那里，脸贴脸，肩并肩。

她们看到什么了？

在还没有意识到任何事情之前，这两人就被眼前的景象完全吸引住了。

两双波光盈盈的眸子在浓密的睫毛下闪烁着，充满了整个镜面。太多的好奇与疑问游弋其中，似呼之欲出，但是随即又隐藏了下去。它们好像在说：我怎么看不明白呀，这转瞬而现的光彩，从你传到我这儿，再从我传回给你，而我只传给你——镜里镜外，没人能看明白是怎么回事。一切无解。噢，瞧你那微微噘起的红润的嘴唇啊，哦不，那是我的，可它们又是何其相似！一样披散开来垂落的长发，焕发出柔美的光泽，那是我们的。面对眼前的这一切，我们竟是如此无能为力，仿佛它来自另外一个世界。接着，画面开始晃动起来，里面的人跑到了镜框外，它需要调整一下情绪，但是好像又不是这样。有一张嘴唇在微笑，那是来自天上的微笑。一会儿，它又不是嘴唇了，也不是微笑了，不知道是什么了，最后在这一片闪烁的光彩中，只剩下一排忽闪的睫毛，和一双脉脉的眸子。

她们放下镜子，满脸绯红地注视着对方，愕然无语。她们仿佛在向彼此发光，又似乎是一个合体。这一刻真是奇妙。

"乌娜，你知道这是怎么回事吗？"希斯问道。

"你也注意到了？"乌娜问道。

房间里的气氛马上变得有点尴尬起来。乌娜摇晃着自己的身体。经历过刚才那奇妙的一刻，两人都觉得需要坐下来定定神，调整一下。

过了一会儿，她们当中的一人说："我觉得这没什么了不起的。"

"对，没啥大事儿。"

"就是感觉有点怪怪的。"

当然这件事非同一般，一时半会儿也不容易过去。她们试图将刚才的一切忘掉。乌娜把镜子挂回墙上，重新坐到床边。两人静静地坐在那里，似乎在等待着什么。门依旧上着锁，老姨没有来打扰她们。

两人的情绪明显平复下来。希斯望着乌娜，看她正如何努力地控制着自己的情绪。突然，乌娜说道："咱俩玩脱衣服的游戏吧！"语气里带有一丝挑逗。把希斯吓了一跳。

希斯盯着她："脱衣服？"

乌娜看上去容光焕发，"是的，就是脱衣服而已。应该很好玩的，你说呢？"一边说，一边开始动作起来。

当然啦，希斯仓促地附和着这个想法，一定是很好玩的。于是她急急忙忙地站在乌娜面前开始解开自己的衣服。

乌娜抢先一步，光彩照人地裸身站在地板上。

希斯紧随其后，一丝不挂地令人炫目地站在那里。她们看着彼此，瞬间有一种奇妙的感觉。

希斯环顾四周，准备找点什么可以抓在手里的东西，她理所应当地觉得接下来两人会疯闹一场。可是她没有任何动作，她注意到乌娜的目光飞快地扫向她的身体。有那么一瞬间，她看到乌娜脸上凝重的表情。乌娜一动不动地，僵硬笔直地站在那里。但只有那么短短的瞬间，然后马上就消失了，乌娜的表情重新回到原来的样子，她变得轻松而愉悦。

几乎与此同时，乌娜对希斯开口了，她似乎正处在一种混沌的快乐之中："呃，还是算了吧，希斯。其实还是挺冷的。咱们还是把衣服穿上吧。"然后她开始自顾自地把衣服一件件穿回身上。

希斯愣在原地，"我还以为咱们准备要好好热闹一场呢！"刚才她还准备在床上翻筋斗，玩出各种胡闹的把戏呢。

"不了，太冷了，尤其是在霜冻这么厉害的天气，屋子里温度也不高。"

"我觉得这里挺暖和的呀！"

"不是的，还是有一小股冷风的，你没感觉到吗？你停下来感觉一下吧。"

"也许吧。"

希斯停下来想了想，觉得有点冷。窗玻璃上布满了白霜。屋子外面是望不到尽头的冰霜天地。她捡起自己的衣服。

"除了裸奔，可以玩的事情还多着呢。"乌娜说道。

"当然。"希斯想问问乌娜刚才为什么要提出这个建议，但是又觉得无从开口，只好作罢。她们慢慢地穿上衣服。老实说，希斯有一种被愚弄的感觉，这一切究竟是怎么回事？

她们各自回到原处坐下，这也是小房间里仅有的两个地方。乌娜坐在那里看着希斯，希斯感觉有些事情还没有说明白，也许是一些激动人心的事情。乌娜看上去不再兴高采烈，刚才发生的一切仿佛只是眨眼的片刻。

希斯开始紧张起来。

"咱们还要找点其他的什么乐子吗？"看到乌娜没有行动的意思，希斯问道。

"玩什么呢？"乌娜心不在焉地问道。

"如果没什么好玩的，那我就回家了。"

这句话听起来带点儿威胁的意思。乌娜马上说道："你现在还不能回家！"

哦，当然啦。希斯也不想这么快回家。她一门心思地渴望能留下来。

"你有相册吗？你有没有以前住在其他地方的照片？"

乌娜瞪大了眼睛，马上跑到书架那边取出两本相册。

"这上面全都是我的照片，各个时期的。你想看哪本？"

"我都想看。"

她们打开相册，照片里记录的是某个遥远的地方，上面的人除了乌娜，希斯一个也不认识。基本上每张照片都有乌娜。她们一边翻，乌娜一边给她做一些简短的说明。和所有相册一样，里面总有一个笑容灿烂的小姑娘出现在镜头里。"那个是我妈妈。"乌娜骄傲地指着一张照片说。

她们盯着她看了好长时间。

"这个是我爸爸。"过了一会儿，乌娜说道。照片上是一个普通的年轻人，站在一辆汽车旁。他和乌娜有一点点相像。"那是他的车。"

"那他现在在哪里呢？"希斯怯生生地问道。

乌娜沮丧地答道："我不知道，不过这个不重要。"

"对。"

"我告诉过你的，我从未见过他，除了他的照片。"

希斯点点头。

"如果他们知道我父亲在哪儿，估计我也不会被送到老姨这里了。"

"那当然。"

她们再次翻看那些有乌娜的照片。她真是个很棒的小姑娘，希斯一边看，一边在心里想。很快她们就翻完了整本相册。

接下来还要干什么呢？

从乌娜的沉默中，希斯隐约觉得还有什么事情要发生，其实她一直都在紧张地等待着，现在它终于要和盘托出。

一阵长久的沉默过后，乌娜说道："希斯。"

终于开始了！

"嗯？"

"有些事情，我想——"乌娜说着，突然涨红了脸。

希斯还没听到什么就已经觉得很难为情了："哦？"

"你刚才在我的身上看到什么没有？"乌娜直愣愣地盯着希斯的眼睛问道。

希斯倍觉难堪："没有呀！"

"有件事我想告诉你。"乌娜接着说道，她的声音越来越低，难以辨识。

希斯屏住呼吸。

但是乌娜突然停了下来。随即又接着说道："我还从来没有告诉过任何人。"

"那你和妈妈说过吗？"希斯结结巴巴地问道。

"没有！"

沉默。

希斯读到乌娜眼睛里满满的焦虑，难道她还不打算和她说吗？她悄声问道："你现在想说了吗？"

乌娜缩了回去："不了。"

"那好吧。"

又是一阵沉默。这当儿,她们开始盼着老姨此刻能推门进来。

希斯又说:"那如果——"

"我不能说,就这样吧。"

希斯不再追问。她脑子里充斥着各种混乱的猜想,然后又被自己逐一否决。最后她无助地问道:"这就是你想说的?"

乌娜点点头:"就这些。"

乌娜如释重负般地点点头,仿佛了结了一件大事。接下来没什么事可做了,希斯马上也感觉轻松了许多。

但是这样的如释重负似乎总给人一种被蒙骗的感觉,这是今天晚上希斯第二次有这种感觉。不过,不管怎样,这总比听到什么骇人的消息要好得多。

她们呆坐了一会儿,似在休息。

希斯在心里想:我得走了。

乌娜说:"别走,希斯。"

两人再次陷入沉默。

但是这样的静默是不可靠的,向来如此。如同突然刮来的一阵莫名风,风向不定,变幻莫测。风止片刻,旋即又舞了起来,令她想跳起脚来。

"希斯。"

"嗯?"

"我不知道以后我会不会进天堂。"乌娜说这话的时候,眼睛盯着前面的墙。她也没有什么其他的地方可看。

希斯感觉身上一阵冷一阵热。"你说什么呀?"

她不能再待下去了，不知道待会儿乌娜还会说出什么其他的话来。

　　"你听到我刚才说的了吗？"乌娜问道。

　　"听到了！"她马上又补充道。"我得回家了。"

　　"回家？"

　　"是的，否则就晚了。我得赶在爸爸妈妈上床之前回家。"

　　"他们不会这么早睡觉的。"

　　"不了，我还是赶紧走吧。"希斯慌忙补充道。"不然待会儿天气越来越冷，我的鼻子在路上就要被冻掉了。"困惑之际她开始胡言乱语，不管怎样，她得尽快逃离这里。

　　乌娜开始咯咯地笑起来，准备和希斯嬉戏一番，"你可不能把鼻子给冻掉。"她很高兴希斯转移了话题，她们再次避开那些难以对付的事情，两人都在心里暗暗地松了一口气。

　　乌娜拿来钥匙开门，用命令的口气对希斯说："坐下。我去替你把衣服取来。"

　　希斯如坐针毡，待在这里让她没有安全感。如果她不走，乌娜又会说什么呢？可是一转念想到她终于可以和乌娜在一起，而且还是一辈子呢。她想好了，分别之前她会和乌娜说：等下次吧，等你愿意的时候再和我说你的事情。今晚咱们已经说得够多了。她们若是想再进一步，会把事情搞砸的。这会儿她只想快快回家。

　　除非她们想把事情弄得无法收拾。不过，两人已经从对方的眼睛里看到了彼此光彩照人的模样。

　　乌娜拿来她的大衣和靴子，把它们放在熊熊燃烧的炉火旁。"放这儿可以让它们暖和一点儿。"她说道。

"不了,我得走了。"希斯一边说,一边把脚伸进靴子里。乌娜不吭声地站在一旁,看着希斯将自己裹得严严实实的。这会儿气氛又有点紧张起来,再重复说什么冻掉鼻子的话有点不合时宜。她们也不想说那些例行的告别词,比如"你还会再来的吧?""下次要不要去我们家呀?"怎么说都令人发窘,虽然没有到搞砸的地步,但是两人都无法面对彼此。

希斯终于穿着停当了。

"你为什么要走?"

"我和你说过的,我得回家了。"

"我知道,但是——"

"只要我说这是必须的,那就意味着——"

"希斯。"

"让我走吧。"

门开了。乌娜挡在前面,她们俩一起走向老姨。老姨坐在椅子里,做着手工活儿。她和蔼地站起身来,一如这天晚上早些时候见到希斯时的样子。

"啊呀希斯,你这就要走了吗?"

"是的,我得回家了。"

"没落下什么小秘密吧?"老姨用调皮的口吻嬉戏道。

"今天晚上没有。"

"我听到你把门锁上了,乌娜。"

"是呀,我是锁上门了。"

"依我说呀,你们用不着这么小心翼翼的。"老姨说道。"有什么要紧的事儿吗?"她换了一种语气问道。

"什么事儿?当然没有!"

"你怎么这么激动啊？"

"我们一点儿也不激动。"

"好吧，没事儿就好。也许是我老了，听人说话都费劲了。"

"谢谢您的款待。"希斯只想赶紧离开老姨。老姨一无所知，只是一个劲儿地拿她俩取乐，让她们觉得自己显得傻乎乎的。

"你等等，"老姨说道，"这么冷的天，走夜路之前，你得先喝点热乎的东西再走。"

"不了，谢谢您。"

"这么匆忙就要走吗？"

"她得回家了。"乌娜说道。

"那好吧。"

希斯起身准备离开。"再见，谢谢您的款待。"

"谢谢你来看我们，希斯。估计你得跑起来才能暖和得过来了，外面越来越冷了，而且天黑得很。"

"你还站在这里干吗，乌娜？"老姨问道。"明天早上你们又会见面的。"

"是的！晚安。"希斯道。

乌娜站在门口，等老姨进屋去了，她还一动不动地站在那里。刚才究竟发生了些什么，感觉有点难舍难分。两人中间有些奇怪的事情已然发生。

"乌娜。"

"什么？"

希斯一下子就蹦到了寒冷的室外。她本可以多待一会儿的，时间还早，但是她觉得这样待下去太危险了，不能再发生什么意外了。

乌娜站在敞开的大门口，屋子里的暖气和室外的寒气在此交汇，冷空气从她身后钻入客厅，她似乎全然不知。

希斯准备撒腿奔跑之际转身回头，看见乌娜仍然站在亮着灯的门廊下，她看上去是那样的美丽、羞涩而奇怪。

4. 路旁

希斯开始朝着家的方向奔跑。出于对黑暗的恐惧，她几乎在进入黑暗的那一瞬间就开始了盲目的挣扎。

有声音在说："我就在路边。"

哦，别，千万别呀。她思绪溃乱。

"我过来了。"那个路旁的声音又在说话。

她开始狂奔，感觉脚后跟有东西一直在跟着她，就在她的身后。

它是谁呀？

从乌娜家直接切换到这样的地方，难道出门之前她没有想过回家的路就是这样的吗？

其实她早就知道，但是明知这样她还是要去乌娜家。

从冰湖的深处传来一阵响声，这声音顺着平坦的湖面传递，最终消失在远处的某个窟窿里。逐渐增厚的冰层正在形成许多条几公里长的裂缝，希斯从这些能发出声音的裂缝上一跃而过。

一切似乎都失衡了。她不再像傍晚出门时那样，迈着大步走在路上。此刻的她走在黑暗中，完全没有了安全感。她开始不假思索地跑了起来，而这正是坏事的开始。很快她就向那个黑暗之中神秘莫测的东西投降了。在这样的夜晚，它总是喜欢紧随人后。

一切深不可测。

和乌娜在一起的时候她有点兴奋过度了——这种狂喜的感觉在她们分手之后依然令人意犹未尽。然而，当她一脚迈出屋外，恐惧感即刻扑面而来。于是，她开始一溜小跑起来，可是这种感觉如同雪崩一般，在瞬间变得一发不可收拾。她完全落入了路旁那个不知名的东西的手中。

道路两旁那种无以名状的黑暗，令每个走在这条路上的人都真切地感觉到它的存在。它无处不在，随时可以激起人后背一波又一波的战栗。

希斯行走在路的中央，浑然不知。她只是单纯地害怕黑暗。

我很快就会到家了！

没有哦，还早着呢。

她紧张得几乎没有注意到自己呼出的气息在寒冷的空气中已经凝成了水珠。

她像要抓住一根救命稻草似的，努力发挥自己的想象力，她想象此刻家中亮着一盏落地灯的温暖客厅，爸爸妈妈坐在他们的扶手椅里。不一会儿，他们的女儿就要回家。希斯是他们唯一的女儿，他们相互提醒对方不要过于宠爱孩子。他们甚至为此暗自较劲，看看谁更不溺爱她。不过，现在想这些都没有用了，帮不了什么忙。她还回不了家，眼下她还走在这莫名的黑暗之中。

可是乌娜呢？

她想到了乌娜，她是如此的美丽、孤独而又光彩照人。

乌娜是怎么了？

她的脚步突然变得僵硬迟缓。

乌娜到底是怎么回事？

她随即迈开步子，她的身后一直有东西在提醒着她。

我们就在路边呢。

跑吧！

希斯开始撒腿狂奔。一阵巨大深沉的雷鸣声从远处结冰的湖面传过来，她的靴子踩在霜冻的路面上，发出噼啪的响声。这声音给她带来些许安慰，要是听不见自己的脚步声那才让人抓狂呢。她没有力气跑得太快，但就这么一路小跑着。

终于，她看见家里透出的灯光。

终于！

她走到门廊底下，进入灯光笼罩的光线之中。

路旁那些黑暗的东西顷刻退去。它们退回到光明之外的地方，继续在暗处发出含混不清的嘟囔声。希斯回到爸爸妈妈的身边。父亲在本地有间自己的办公室，此刻他正惬意地坐在扶手椅里，享受着家庭的温馨。母亲照例像往常一样，在空闲的时候看看书。时候还早，还没到上床睡觉的时间。

看见希斯裹着一身寒霜上气不接下气地走进屋子里，他们并没有立刻焦虑地迎上去，而是坐在自己的椅子里平静地问道："外面怎么样呀？"

希斯难以置信地瞪眼看着爸爸妈妈，难道他们不觉得害怕吗？显然没有，他们看上去一点儿也没有害怕的样子——只有她才会害怕，因为她刚从外面回来。他们平静地问道：外面怎么样呀，希斯？他们知道她会平安回来的，再多问也问不出什么来。只是因为看见她气喘吁吁筋疲力尽的样子，他们才问问她外面如何。希斯嘴里呼出的气息在她竖起的衣领上凝成许多细小的冰珠。

"你没事儿吧，希斯？"

"没事儿。我跑回来的。"希斯摇摇头。

"你不会是怕黑吧？"他们轻轻地笑起来，就像一般人对这种事的态度一样。

"嗯，是害怕！"

"不过，依我说，"爸爸说道，"我觉得你已经过了害怕黑暗的年龄了。"

"瞧你，看上去像是一路狂跑回来的呢。"妈妈说道。

"我只是想赶在你们上床之前回家，你们不是说了嘛——"

"哎，你知道我们不会那么早睡觉的，其实你没必要那么匆忙的。"

希斯正忙着脱靴子，靴子"砰"的一声摔在地板上。

"今天晚上你们的议论可真多。"

"什么议论？"他们吃惊地看着她。"我们说什么了？"

希斯不再言语，埋头忙着脱鞋子和袜子。

妈妈从椅子里站起来，"你看上去好像——"她刚开个头就打住了。希斯的样子让她觉得不宜再说下去。"赶紧进去洗个热水澡吧，希斯。这样你会觉得舒服些的。"

"好的，妈妈。"

确实如此。她在淋浴间里待了好长时间。她心里明白接下来的询问是在所难免的，于是又回到客厅。她给自己找了一把椅子坐下，而不是一头扎进卧室，那样做只会令他们心生疑窦。她别无选择，只能坐下来面对他们的诘问。

"现在看上去好多了。"妈妈说道。

希斯耐心地等着他们的发问。

"乌娜家怎么样啊？好玩吗？"妈妈问道。

"很好！"她犀利地答道。

"这话听起来怎么好像不是那么回事啊？"爸爸笑问道。

妈妈抬头看了她一眼，"你今晚是怎么啦？"

希斯看着他们，他们一如既往地还是那么可亲可敬，她本该可以——

"没什么，"她说，"只是你们一个劲儿地问，不停地打听。"

"噢，不至于吧，希斯。"

"进去吃点东西吧，厨房里还给你留着吃的呢。"

"我已经吃过了。"

其实她什么也没吃，但是她只能这么和他们说。

"好吧，那就睡去吧。你看上去挺累的。希望睡一觉起来你会觉得好些。晚安，希斯。"

"晚安。"

她立即走开了。他们什么也不知道。直等到躺在床上她才发觉自己有多么累。她的脑子里充斥着各种各样奇怪而激动人心的想法。然而寒冷之后的一阵暖意向她猛烈袭来，她还来不及多想，就跌入了梦乡。

5. 冰宫

"起床了，乌娜！"

老姨像往常一样负责叫早。今天和任何一个上学的早晨一样，没有什么两样。

但是对于乌娜来说，这一天注定将不同寻常，因为这是她与希斯首次约会后的第一个早上。

"起床了，乌娜！"虽然离上学的时间还早，但这就是老姨的风格，她是不允许你挨到最后一秒钟才抓狂的。

黑暗中，乌娜将脑袋从被窝里探出来。她听见远处冰封的湖面传来一阵阵熟悉的打雷般的隆隆声。此刻的湖面已经冻得如钢铁般结实。这声音仿佛是一个信号，宣告着新的一天就此拉开序幕。夜间，当她躺在床上即将进入梦乡之际，也曾听到过一两声沉闷的雷声，提醒她已近午夜。昨晚和希斯见过面之后，她躺在床上辗转反侧，难以入眠，一直在想着从今往后与希斯之间可能发生的一切。

今天外面可是格外的冷哦，老姨一边说着，一边给她准备早餐。乌娜望着窗外清冷闪烁的星辰。此刻，东边天际的颜色正在一点点地淡去：这是圣诞节前萧瑟的冬日黎明。随着夜色渐渐褪去，森林的轮廓逐一显现出来，林间枝头满布白霜。乌娜一边看着窗外，一边准备着带去学校的东西。

去学校，也是为了见希斯。

除此之外，今天她脑子里什么也装不下了。

经历了几个小时前与希斯的尴尬分手之后，她突然觉得此刻似乎不太可能直接面对希斯。昨晚是她把希斯吓跑了，今天就这样去见她恐怕不行。如此说来，今天也没有必要去上学了。

望着窗外渐渐明亮的晨曦和白霜覆盖的森林，她在心里思忖着如何把自己藏起来，她要走得远远的，至少今天她不能去见希斯。

过了今天就没问题了，只是现在还不行。今天她实在无法与希斯的眼睛对视。她不愿再做多想。她已经被这个念头牢牢地控制住了。

哦希斯，她又是多么渴望见到她啊，只是——

不管怎样，今天她还得像往常一样若无其事地离开家，这会儿如果坐在这里说不想去上学，老姨是绝对不会答应的。想装病也有点晚了，再说，她也不习惯给自己找借口。她飞快地朝镜子里瞥了一眼，自己的模样一点儿也不像生病的样子呢。撒谎是没用的。她打算像往常一样出门上学，在遇到同学之前离开大路，找个地方躲一天，等到放学的时候再回家。

虽然今天是老姨把她从床上叫起来的，可是当老姨看到乌娜背着书包准备出门的时候，还是禁不住有点惊诧地问道："你这么早就要出门吗？"

"比平时早吗？"

"我觉得有点早。"

"我想见到希斯。"说这话的时候，她的心里隐约有一阵刺痛。

"哦，当然啦。不过有必要这么着急吗？"

"嗯。"

"那我说啥都没用啦，你走吧。好在你的外套够厚，外面可是很冷的，记得戴上两副手套啊。"

老姨的话就像这条笔直通往学校的道路两旁的栏杆，令人难以逾越，唯有顺服。不过今天是个例外，希斯昨晚从她这里跑开了。

"怎么了？乌娜。"

乌娜返身回来说："手套找不到了。"

"这不就在你的眼皮底下嘛。"

她重新走进渐渐明亮的晨曦之中，夜色即将褪尽。一旦走出老姨的视线外，她就得尽快想办法，计划一下该如何打发这一整天的时间。

可是，今天她满脑子里只有一个念头：希斯。

这是一条通往她的路，这条路一直通向希斯。

今天你不能见她，你只可以在心里想着她。

现在你什么都不许想，只能想着这个刚刚认识的人儿。

希斯和我在镜子里的样子。

光彩照人，熠熠生辉。

只许想她一个人。

每走一步，心里想的都是希斯。

现在她走到了远离老姨视线的一棵大树下，整棵树布满白霜。从这里她离开了主路。她得把自己藏起来，直到放学时分，这样才不至于被人发现，问个不停。

可是这么长的一整天，她又能干什么呢？天气真冷，吸入肺里的每一口凛冽的空气，几乎都能令她的肺部急速收缩，导致呼吸停止。她的双颊因严寒而隐隐刺痛，只是因为身体已经适应了入秋以来的寒冷天气，加之穿在身上的这件厚外套，她才没有觉得特别冷。

轰隆隆，从远处那个幽深坚固的冰湖深处传来一阵响声。

就去这儿！有地方了。她知道自己要去哪里了，她要去看冰。

独自一人。

这样一来，她一整天都有事情可做了，而且还不会把自己给冻坏。

前几天在学校里，大家也曾提到过一起去看冰。虽然她没有参与讨论，但是在一旁也听得八九不离十，知道就是这几天的事儿。因为随着天气变冷，雪说下就要下了。

冰湖的远处有一个瀑布，随着酷寒天气的到来，瀑布已经堆积成了一座壮观的冰山。有人说它看起来像是一个宫殿，之前没有人记得曾经有过这般景象。这座冰宫就是班级计划出行的目的地。大家首先需要沿着湖边走到大湖的出水口，然后再沿着河流徒步到瀑布所在地。在天光短暂的冬日，开启这趟短途旅行正好合适。

太棒了！这样她这一整天就不至于无所事事了。

但是，我应该是和希斯一起去看冰宫的。

她将这个想法从脑海中排除掉。等我第二次去的时候再和希斯一起去吧。她愉快地想着，心里觉得暖融融地，而且那样会更有意思。

湖面上结成的冰在阳光下发出耀眼的光芒，它看上去简直就不是冰，倒更像是一块锃亮的冰钢。入冬以来，还没有下雪，湖面上看不见一片雪花。

这会儿的冰层是厚实而安全的。它从下方深处不断发出轰鸣声，冰面裂开再重新凝固，如此反复，变得愈加结实。乌娜朝它跑去。这样的奔跑也是很正常的，因为天气实在太冷了。另外，既然打算在外躲藏一整天，她也想尽快远离平日熟悉的地方。

她成功了。老姨那亲切熟悉的声音不再在耳边絮絮叨叨地响起："乌娜，到这儿来！"这会儿老姨大概以为她已经到学校了。

不过，学校里的人会怎么想呢？她还没想过。

他们会以为她生病了，这是自然的。希斯也会这么想吗？也许希斯能理解她这么做的原因。

乌娜一边跑，一边听见自己的脚步声在冻得硬邦邦的路面上发出咚咚咚的声音。冰霜覆盖的树林中，偶尔露出一两块空地。一路上，她尽量拣小道走，避免被人看见，直至跑到湖边，来到冰面上。

她想起了希斯，想到她们明天即将见面的情景——等事情自己平息下去，不再像今天这样难以面对，一切就会好很多。突然间，她不再觉得孤单，很快她就会有一个可以敞露心扉的朋友了。

乌娜踩在结霜的桦树枯枝上，欢快地朝着结冰的湖面跑去。树枝银光闪闪。此刻，天色放亮，林子里到处是一些苍白的枝条，枝条上面有大片的叶子，被白霜包裹着。乌娜经过树林，踩在干树枝上，随即扬起一阵霜雾，无数细密的冰碴落到她的靴子面上。

她愉快地想着这些冰。厚些吧，再变厚些吧。结冰就应该是这样的。

半夜从冰湖上发出的轰隆声把你吵醒了，你躺在被窝里，默默地想：它变得更结实了。

在这寒冷的天气里，树林里小木屋的木板墙面都被冻裂了。木头遇冷收缩，老姨是这么说的。如果有人半夜听到这种声响，就没必要再说什么冰层变厚的话了。你得说，真是太冷了，连屋子都冻得发出声响了。

她来到湖边。一路上一个人也没有见到。这样也就没人知道她在这里了。正如她所料，一大早，湖面上空无一人。要再过一会儿，才会有人来冰面上玩耍。冰层冻得如岩石般结实，不留任何缝隙。在这上面活动非常安全。这是一个大湖，冰面宽广。

站在岸边，透过乌黑发亮的冰层向湖底下看，还真是件有趣的事情。乌娜的个子不够高，她直接趴在冰面上，用手遮住双颊两侧的光线，对准冰层的正下方，仿佛正透过一块透明玻璃往下看。

此刻，太阳正在慢慢地升起来，冷冷地、斜斜地照着湖面。阳光透过冰层直达褐色的湖底。水下的淤泥、石子和水草历历可见。

距离岸边几步之遥的湖水已经冻成了一整块冰坨。从这里看下去，湖底覆盖着一层白霜，上面是厚厚一层坚硬如钢的冰。与冰层一起凝固的，还有大片的树叶、细碎的草梗，以及水草和岸上的碎石。有一只褐色的蚂蚁，脚爪张开，与水中的气泡凝固在一起，在太阳光的照射下，如同晶莹的珠子，澄澈闪烁。岸边光滑的黑色鹅卵石，连同剥了皮的树枝，一起在水中改变了形状。弯曲的凤尾蕨凝固在冰层中，如同一幅精美的图画。一些枯枝烂叶沉入湖底，另一些原本浮在水面的植物，随着结冰的湖水被困在了冰面上，之后湖水继续凝固，慢慢地变成了现在的样子。

乌娜趴在那里看得入了神，这一切看上去比童话故事要有趣得多。

我还想再多看一会儿……

她伸开四肢平趴在冰面上，暂时还不觉得冷。她那纤细的身体在湖底投下了一个长长的变形的影子。

不一会儿，她在冰面上换了个姿势。冰湖表面光滑如镜。那棵纤细的凤尾蕨仍然悬浮在耀眼的冰层中，一动不动。

接下来发生了一场可怕的塌方。

湖底深处，所有东西看上去都是深褐色的。在几棵水草中间，有一只蚌壳正起身往泥里钻，它的动作很轻，几乎没有搅动任何污泥，可是忽然之间，离它不远的一大块泥巴墙轰然倒塌，笔直掉进旁边一个黑乎乎的大裂口之中。

这真是一场恐怖至极的灾难。

乌娜挪动一下身子，水底下那个发亮的影子也跟着在动，她的影子正好落在刚才那个大裂口的上面，那堆泥巴突然消失了。她忽地激灵一下，下意识地往回缩。哦，她明白是怎么回事了。

她趴在那里，冷不丁地打了一个寒战。恍惚间以为是她自己躺在清澈的湖水里。她觉得有点晕眩，但是很快就调整过来了，她意识到自己这会儿正安全地躺在坚硬如钢板的厚冰层上。

长时间一动不动地盯着下坠的物体，让人觉得很不舒服。尤其是对不会游泳的人来说，这无疑就意味着死亡。乌娜现在已经会游泳了，之前她可是个旱鸭子呢，她也曾有过一脚踩空的经历。记得有一次她在河里蹚水玩儿，走着走着，突然感觉脚下一空，身子立刻变得僵硬起来，觉得自己马上就要完蛋了——就在这时，一只粗壮的大手一把将她抓回了岸边，于是她又重新回到吵吵嚷嚷的同伴中间。

正当乌娜沉浸在关于溺水的回忆之际，一束亮光犹如闪电般从下方的黑暗处一闪而过，一条鱼如离弦之箭般朝她冲了过来，几乎就要撞到她的眼珠子。她下意识地躲闪到一旁，忘记了他们中间还隔着一层厚厚的冰。这是一条背部长着灰绿色条纹的鱼，它蹿到一旁，眨巴着玻璃珠子般的眼睛打量着乌娜。

然后，一切重新沉入湖底，归于平静。

她很清楚那条鱼儿想要什么。这会儿它已经遁入湖底，大概正忙着向它的伙伴们通报刚才发生的情况。她想象着，用自己喜欢的方式发挥着想象力。

不过，刚才这条好奇的鱼儿终究还是打断了乌娜的遐想，再说她也觉得有点冷了。于是她站起身来，开始在冰面上滑溜小跑起来。时不时地，她快速越过岸边一个接一个的岬湾，这些岬湾是由延伸向湖心的陆地构成的，它们朝着大湖的方向蜿蜒伸展。跑着跑着，乌娜重新又回到了冰面上。奔跑让她浑身发热，而且她觉得这样很好玩。

她跑了很长时间。从这里到大湖的出水口有挺长一段距离，但是最终她还是到了。

在这里看不到瀑布，也听不见瀑布声。瀑布在她的下方。站在出水口，可以听见流水低吟。出水口之上则是一片静寂，一切都凝止不动。

这里是大湖的出水口，湖水从冰层边缘下面平静地一泻而出，水流是如此顺滑，几乎令人难以觉察到它的存在。

湖水在刺骨的冷空气中泛起一层淡淡的雾气。她几乎没有意识到自己一直站在那里凝视着它，仿佛置身于一场美梦。而美梦居然可以源于这么简单的东西。她心里没有因逃学而感到内疚，再说也很难找到合适的借口解释这一切。看着从冰层下面平缓流淌而出的湖水，她的心里充满了宁静的快乐。

站在这么高的地方，一不小心就有失足摔下去的危险，掉进下面那个幽深的洞。好在眼前奔涌而出的流水，转移了她的注意力。这条悄无声息而又澄澈无比的河水，流经她的身旁，呢喃私语，说着她想听的话，将她带往高处，飞向远方。

一切是这样的静，她，还有眼前的湖水。此刻，她觉得自己能听见瀑布的声音。这条光滑的流水从悬崖高处投入深谷，有隐约的咆哮声从山谷深处传来。在学校的时候，大家都说站在这里不可能听见瀑布的声响，但是现在她确实听到了。

下面就是她今天的目的地。她心无旁骛，一门心思地只想实现这个愿望。

到时候学校也会组织大家去参观这个大瀑布。那隐约的咆哮声似乎来自下面那层雾气，按说她不可能听到这么远的声音。

如同滑翔在无声的梦境里，黑森森的湖水从光滑的冰层下面安静地涌出，清澈鲜活。

远处隐约传来的瀑布震颤声将她惊醒。提醒她那里才是她今天要去的地方。她真想把此刻心里的感动说给谁听，但是她知道这是不可能的。

在原地停留的时间稍长，立刻感觉冷得要命。寒气一点点地渗进她的衣服里面，她开始撒腿奔跑，希望借此能让自己暖和一点。

经过出水口，地势渐渐变成下行的缓坡，原本无声的溪流开始发出轻微的响声。寒霜与温暖的水汽在水面相遇，凝结成奇形怪状的冰晶，点缀在河流的两岸。流水在这些冰块中蜿蜒蛇行，舔舐着一条又一条的冰凌。

地面的石楠花和草丛无一例外被冰霜覆盖，在早晨的斜阳里泛出银白色的光泽。乌娜走进这个仙境，从一片草丛跳到另一片草丛，书包里的课本和午餐盒也随着她的动作不停地上下翻滚。

随着缓坡渐渐陡峭，溪流即刻也变得喧哗起来。河流中间有一些凸起的黑色石头，石头顶部罩着一层晶莹剔透的冰帽，河水穿行其间，喧哗而热闹。按道理，乌娜不可以未经允许擅自跑到这个地方的。她在心里对自己说：其实我也不是非要到这里来不可。但事实上她却是欲罢不能。

随着奔涌流逝的河水，瀑布的轰鸣声越发清晰可辨，那声音充满了诱惑，令她神往。

一阵狂跑让她感觉暖和了许多。当她停下来的时候，从口中呼出的呵气萦绕在她的身体周围。僵硬的外套让她感觉行动不便。时不时地，她在草丛里停下来，朝空中呼出更多温暖而充满生气的白色呵气，她的两眼闪闪发光，浑身暖融融的。

下山的路更加崎岖陡峭，水流声变得越发响亮。瀑布的轰鸣似乎还停留在很远的地方——在下面不可预测的地底深处，充满诱惑却又令人恐惧。她在心里带点抗拒地自语道：其实我并不想走这一趟的。

但是现在她正在这么做，因为这事儿与希斯有关。

只有这件事情是值得去做的，哪怕为此违规犯错，她也不会打退堂鼓。她要抓住任何与希斯有关的美好瞬间。如果这会儿她转身离开咆哮的瀑布，两手空空地回家，她会为此觉得遗憾，就好比一直渴望的东西被人强行拿走，而且再也找不回来。

瀑布的轰鸣声突然变得越来越响，水流速度明显加快，湖水在逐渐变得浑浊发黄的河道里奔涌着。乌娜沿着山坡往下奔跑，她经过银光闪闪铺满石楠花和草丛的山坡，山坡上偶尔矗立着一两棵大树。这时，咆哮声听得更加真切了。突然，一大片旋转升腾的水汽呈现在她眼前——她站到了瀑布的顶端。

这一切来得如此突然，她赶紧收住脚，差点儿就从悬崖上栽了下去。

瞬间有两股巨大的气流朝她迎面扑来，起先是一股刺骨的寒气，继而涌上一阵和煦的暖流，两股气流几乎发生在同一时刻。

这是乌娜第一次来到瀑布这边。夏天有同学到这里玩耍，那时他们没有叫上她。老姨也曾说过这里有一个瀑布，仅此而已。后来学校里再也没人提起这个地方，直到深秋来临，冰宫终于渐渐成形，让大家觉得值得为此一游。

那下面是什么？

大概就是传说中的冰宫了。

太阳突然从眼前消失了。前面有一个峡谷，陡峭险峻。太阳待会儿应该还可以转到这边的，只是此刻一切都隐没在冰冷阴郁的灰暗之中。乌娜凝视着脚下这个奇妙的世界，一个由冰凌、冰锥和穹隆构成的冰晶世界，它充满着柔和的曲线和繁复的图案，这一切全是冰的杰作。水从冰宫中喷射而出，持续建造这座奇妙的宫殿。瀑布分成好几股，从不同的水道流泻而下，不间断地为冰宫构建出千奇百怪的形状。在这里，所有的东西都在发光，虽然太阳还没有照进这片峡谷，冰体自身却呈现出幽蓝和碧绿，渗出一股死寂的寒气。瀑布投入峡谷中，仿佛一头扎进一口黑色的地窖。悬崖顶处，水流分成好几股，随着水量的改变，水的颜色由深黑至碧绿，再由碧绿转成黄褐色，继而再变成白色。瀑布如同脱缰野马，猛烈地冲向地窖底部的岩石，发出巨大的轰鸣，泛起丰富的泡沫，往空中腾起阵阵水雾。

乌娜开始欢呼起来，她的喊声淹没在瀑布排山倒海般的喧腾声中，一如从她口中呼出的热气，转瞬间就被旋转上升的冰冷水雾吞没了。

从瀑布两旁升腾而起的水雾和泡沫片刻不宁，变得愈加猛烈，时时刻刻在继续着它们的工作。水雾从狂暴的瀑布中挣脱开来，在空中与冷空气相遇，凝结成冰，层层叠加，形成一个晶莹剔透的冰晶世界——这里有高大的走廊、弯曲的胡同，还有壁龛和穹隆。自打出生以来乌娜还从未见过如此精美绝伦的工程。

她往下看了看，决定走到下面去近距离欣赏这座宫殿。于是她开始沿着瀑布旁边那条布满冰霜的陡峭斜坡往下爬。此刻，她完全被眼前这座冰宫吸引住了，在她眼里，这地方真是恢宏无比。

站在峭壁下面，她像个好奇的小姑娘一样从地面仔细欣赏眼前的一切。刚才心里隐约因为逃学而产生的内疚感，此刻荡然无存。她禁不住一次次地在心里感叹，这一趟来得太值了。从这个角度看过去，巨大的冰宫比从上面看到的样子至少要大出 7 倍呢!

站在这里仰望冰宫,只见冰墙高不可攀,直插天空。她陶醉于其中而不能自拔。冰宫似乎随着她的想象力在不断地朝向空中生长。这里充斥着数不清的翅膀和炮塔,究竟有多少,她不得而知。由瀑布携带而至的充沛水量使得这个宫殿日复一日地向四面八方扩展、膨胀。瀑布带来的水从上面重重地倾泻而下,为自己划出一块界限清晰的中心地盘。

有些地方已经干透了,这些是瀑布业已完成的工程,干硬的冰块在阳光下熠熠发光。另一些地方则依旧覆盖着一层冰碴和水渍,水珠滴答,滋润的冰层在阳光的照射下泛出蓝绿色的光泽。

这真是一座充满魔力的宫殿。她一定得找到它的入口,进到里面去看看。整座宫殿气势非凡,想必那里会有众多弯曲的小道和门廊,曲径通幽。此刻乌娜站在宫殿前,不知身在何处,她忘却了一切,一门心思地只想进到它的里面。

但是要找到一个入口谈何容易。许多地方看起来像是有豁口,而实际上却并不是这么回事儿。她不肯放弃,最终找到一个正在从里往外淌水的裂缝,洞口的宽度刚好容她一人钻进去。

进到第一个空间,乌娜听见自己的心脏在突突地乱跳。眼前呈现出一片绿色,有微弱的光从冰墙外面透进来。这个房间有一种令人说不出来的鬼魅。除此以外,就是空洞而刺骨的冷。

她不假思索地大喊一声:"嗨!"通常人们在空房间里总是有这样的冲动,想喊上一嗓子。她也不知道是为什么。

但是她知道这里没有其他人。

可是马上就有人回话："嗨!"声音在房间里弱弱地回荡。

她吓了一跳!

本以为这里会安静得像坟墓一样。但实际上她一直能听到一种均匀的轰隆声。瀑布声透过厚厚的冰墙传到里面。一墙之隔的外面是狂野的瀑布,正在不停地喷吐着白色的泡沫,冲向谷底。人在冰屋里面就可以听见一阵又一阵缓慢而满含危险意味的呜咽声。

乌娜一动不动地站在原地,让自己定定神。她不知道刚才喊了什么,也听不清楚那个回音在说什么,总之有点不同寻常。

是因为房间太小的缘故吗?不过站在这里感觉房间还是挺大的。此刻她不再纠结于能否找到答案,只想赶紧寻觅一个出口,以便前往冰宫的更深处。她找了好一会儿,终于发现了一个出口,于是她再次走到阳光下面。

几乎与此同时,她看见在两根光滑的冰柱之间有一个大裂缝。

她进到一个犹如长形通道的房间,怯怯地尝试着再"嗨!"了一声,马上又听到一个令人恐怖的回声"嗨!"她被冰宫的这些房间所深深吸引,并为之着迷,如同深陷罗网,不能自拔。此刻她满脑子里想的只有冰宫。

走在这条被施以魔法的黑暗通道里,她不曾想到要喊一声希斯,她下意识地发出"嗨!"的叫声。她只是一门心思地专注于绿色冰宫里一个又一个的房间,她想进入它的每一个房间。

空气寒冷刺骨,她尝试着向空中呵出一口气,看看是否能形成一团雾气,但是她什么也看不清楚,房间里的光线实在是太暗了。此刻，瀑布的响声似乎正从她的脚底下发出，这好像不太合乎常理。在这个空间里，一切都显得不对劲，可是却让人身不由己地自愿接受眼前的一切。

虽然身上穿着老姨给准备的厚外套，此刻乌娜还是觉得有点儿冷，她禁不住打了一个寒战。不过，她相信自己很快就能进到另一个房间，然后她会因为兴奋而忘记寒冷。她对此深信不疑。

正如所料，房间尽头有一个出口。这里一度是一条河道，水干涸之后，河道变成了一条长长的绿色冰走廊。

她走进这个房间，瞬间被眼前的景象惊呆了，她下意识地屏住呼吸。她发现自己正站在一片密密麻麻的石林之中，这是一个完全由冰凌排列而成的森林。

显然，瀑布曾经一度在这里持续喷射，由此形成了无数的冰柱和冰凌。与此同时，从地面的冰柱上又长出了更多细密的小树枝，此起彼伏，层层叠叠，不分先后——总之，你必须全然接受眼前的一切。乌娜睁大双眼，步入这个奇妙的童话仙境。瀑布咆哮的声音正在一点点地离她远去。

房间很明亮，虽然这里仍处在山的背阴面，太阳还没有转过来。光线透过冰墙射进来，闪闪发光，令人觉得不可思议。房间里冷得要命。

既然进到这里面了，也就无所谓冷不冷了，这里本来就是酷寒的发源地。乌娜睁着一双圆圆的大眼睛，滴溜溜地扫视着眼前这片森林，然后迟疑而小心地尝试着发出一声"嗨！"

没有回答。

她吃了一惊，这次居然没有回声？

到处是坚硬如石的冰块，一切都显得如此的不同寻常。

可是为什么没有回音呢，这样不对呀。她开始发抖，感觉自己身处在危险之中。

房间里的森林看上去仿佛充满了敌意，一切是那样超乎寻常的华美，同时又显得这般鬼魅而令人心生恐惧。在危险降临之前，她必须尽快找到出口。此刻，她已经不在乎是前行还是返回原处，她已经失去了判断的能力。

她找到一个足够容一人钻入的缝隙，似乎她所到之处都有路可寻。她钻进去的时候，正好有一束光迎面照过来，她认识这束光，她以前见过这样的光，它是平日的太阳光。

她匆匆环顾四周，有点小失望。头顶就是一块普通的天空嘛！没有冰屋顶，只是露出一块冬日里常见的冷冷的蓝天。她站在圆形的屋子里，四周是光滑的圆弧形的冰墙，这里曾经是一条河道，流水随后改道流向其他地方。

由于刚才在冰森林里受到了惊吓，她不敢再发出任何声响。她在阳光下尝试着朝空中呵出一口气，看看它们能否变成一团雾气。待她意识到冷的时候，她其实已经快被冻得不行了。之前疾行带来的一点点暖意早已消耗殆尽，现在她体内仅剩的一点热气，也随着眼前的这团雾气快速升到了空中。

正当她打算继续往前走的时候，突然听见有人"嗨"了一声，她猛地停下脚步，环顾四周，不见一人。但是她确信刚才真的听到了一个声音，不是臆想。

她怀疑进来的人如果不喊上一嗓子，那么空房子自己也是要发出声音的。虽然她不是很情愿，但还是勉强地应了一声：嗨的声音细若游丝。

这样做让她心里感觉好受一点儿，觉得自己做了一件正确的事情。于是她再次鼓起勇气寻找新的缝隙出口。此刻，瀑布的咆哮声变得越来越响，显然她离瀑布越来越近了。虽然离得很近，可是还是看不见瀑布，她得继续前行！

乌娜被冻得直打哆嗦，却浑然不觉，这也许因为她正处于极度亢奋之中的缘故。瞧，那儿有个出口！来得正是时候。

她快速地钻了进去。

显然这又是一个意料之外的地方。她发现自己正站在一间湿淋淋的房间里，到处在滴滴答答地淌着水。

正当她跨入房间之际，一滴水珠滴落在她的脖颈上。这里的空间异常狭小低矮，她不得不弯着腰往前走。

房间里满是水珠。有微弱的光线从冰墙那边透出，整个房间在昏暗的光线中哭泣着，滴滴答答地淌着眼泪。显然，这里的工程尚未竣工。从屋顶滴下来的泪珠，落入地面的小水坑，溅起温柔的泪花，一切是那样悲伤。

泪珠滴在她的外套上，落在她的毛线帽上。这些都没有关系，只是她的心如铅一般沉重。整个房间在哭泣，它到底是在为谁哭泣？

不许哭！

眼泪还是叭叭地掉个不停，非但没有停下来的意思，反而变本加厉。大量的水朝着房间的方向涌入，如同断了线的珠子一样滴答不停。

泪珠开始沿着冰墙哗哗地流下来，她觉得自己的心快要碎了。

虽然明知道这些都是水，可是在乌娜眼里，它也是满满一屋子的眼泪。眼前的一切，令她愈加觉得悲伤。站在这个房间里，呼喊任何人都无济于事。她甚至没有注意到咆哮涌入的河水。

滴在外套上的水珠凝结成了冰。乌娜想离开这里。于是她带着一颗极度忧伤的心，凭着仅剩的一点意识，扶着冰墙趔趔趄趄地往外走去，或者说进入另一个空间。

出去的通道非常狭窄，比之前钻过的任何地方都窄。透过缝隙看过去，它似乎通向一个更加明亮的场所，于是乌娜发了疯地想钻进去，就好像她能否过去，关乎生死。

然而，洞口实在是太小了，她进不去。但是她必须进去。一定是身上穿的外套太碍事了。她一边想，一边脱下外套，然后把书包和衣服放在地上，打算等出来的时候再重新穿上。此刻她无暇多想，一门心思地只想进入这个地方。

她成功了。凭着她柔软纤细的身体，终于使劲挤了进来。

这里简直就是一个仙境。强烈的光线透过绿色的冰墙和屋顶照射进来，把她从刚才沉重的情绪中拔了出来。

突然间，她恍然大悟：原来刚才在那个房间里拼命哭泣的人就是她自己嘛。她不明白这一切究竟是为什么，但是确实就是她在哭，淹没在自己的泪水之中。

再没有什么可担心的了，她在进门的地方略做停留，随即进到这个一尘不染的碧绿光明之地。在这里，头顶不再有水珠滴落下来，瀑布的咆哮声正在渐渐隐去。整个房间像是用来专供人呐喊发泄之用，比如为了内心得不到的友谊与安慰。

她脱口而出："希斯——！"

她被自己的喊声吓住了，"希斯"的回声立即从三个不同的方向传回来。

她一动不动地站在那里，直到喊声被瀑布吞噬。她穿过整个房间，一边走，一边想起了母亲，还有希斯和其他人——在一瞬间她想到了她们。喊声为她打开了一扇门，旋即又迅速合上了。

"为什么我会在这里？"这个问题突然冒了出来。她上上下下地走着，这里总共也没有几级台阶。她变得越来越僵硬，渐渐丧失了基本的认知。为什么我会在这里？她试图揭开这个谜。恍惚之中，她感觉到一种莫名的兴奋。

很快就要走到尽头了，她发觉头顶快要碰到冰层了。

空气中可以嗅到一股凛冽刺骨的气息，她的外套扔到什么地方去了？难怪她觉得这么冷。此刻严寒可以轻易侵入她的肌肤，她开始害怕起来，在房间里到处乱跑，着急地想找到一个出口，好让她出去取她的外套。刚才她是从哪里进来的？

高耸的冰墙矗立在眼前，冰面密实而顺滑。她冲向房间的另一头，这里到底有多少面墙？她转来转去，到处是密不透风的冰墙，她开始孩子气地嚷嚷起来："放我出去呀！"就在这时，她看到了一个出口。

这里面看上去有点奇怪，在这里她没有找到她的外套。从刚才的房间出来，她又转进了这个房间，但是她不是很喜欢这里。

房间很小，低矮的屋顶上挂满了冰凌，正在滴滴答答地往下淌水。地面长出了许多冰笋，厚厚的锯齿状的冰墙凹凸不平，形成不同的角度，光线几乎照不进来，只是隐隐地透出些许暗绿。站在这里，瀑布的声音清晰可辨，搞不清楚它究竟是从头顶上方还是从哪里发出的声音——给人感觉它似乎就在房间里面。

水顺着冰墙的表面流淌而下，让她想起不久前她在里面哭泣的那个房间。此刻她没有哭，寒冷止住了她的泪水，也模糊了所有的思维。她的脑海中奔涌着各式各样犹如一团乱麻一样的念头，如果真想抓住点什么的话，有些东西还是存在的。一瞬间她意识到待在这里有点危险，她需要大喊一声，与冰宫自身发出的喊声比试一番："嗨！嗨！"

这简直都不能算是喊声，一个她自己都听不见的喊声。声音根本没有传出去，只有咆哮的瀑布声在回应。水声盖过了所有的声音。不过这也没关系，实际上还没等她喊出来，声音已经被一个突如其来的念头，或是一股迎面而来的寒气扼杀在喉咙里了。

瀑布的咆哮声渐行渐远——它似乎可以去到任意远的地方。

水珠从屋顶上滴下来，地面汪着水，有些地方结了一层薄薄的冰。她不喜欢这里。于是她再次沿着迷宫一样的冰墙，四处寻找出口。

这是最后一个房间了，她已经快走不动了。

她意识有些模糊。但是无论怎样努力也没有用，她还是找不到房间的出口。虽然到处都有冰缝，但它们都不是出口。往里面看进去，只有无尽的冰层，从里面透出一道道奇幻的光线。

可她又是如何进来的呢？

这样想是没有用的。现在的关键是要出去，而不是进来，这是两回事儿。她有点迷惑地思考着。显然刚才进来的那个冰缝现在已经找不到了。

大声呐喊也没有用，喊声只会被奔腾的瀑布声所吞没。一大串没用的眼泪在前面等着她，她随时可以一头扎进去。

但是她不能如此冲动。再说，之前她已经在其他地方哭够了。

有人在敲墙吗？

不可能！怎么会有人在这个地方敲墙，更何况这是一堵冰墙。现在她只求能找到一块干爽的地方供她站立。

终于她在房间的一个角落找到了一块还没被水打湿的布满冰霜的地面。她盘腿坐下，双脚已经完全失去了知觉。

严寒令她全身僵硬，这时反而感觉不到冷了。她觉得很疲倦，于是她坐下来休息，打算待会儿再认真地去寻找出口——她想逃离这里——她要出去找她的外套，找老姨和希斯。

她的意识变得越来越模糊混乱。恍惚间她看见了母亲，随即她就飘走了。所有的一切都成了一团迷雾，由一道道的闪电串起来。但这些都不是为要引起她的注意。以后还会有很多时间来慢慢想这些事儿的。

所有的事情好像都发生在很久以前，此刻它们如潮水般从眼前逐一退去。她不再想跑了，她不想在这座陌生的宫殿里奔跑，能坐下来休息一会儿真好。她不再觉得寒冷。她的双手紧紧地交握在一起，她都忘记了自己为什么要这样做，不是还戴着双层手套的吗？

头顶上的水滴和她开起了玩笑。一开始，满耳听到的都是瀑布的轰鸣声。渐渐地，她能够从中辨别出叮咚的水滴声。水从低矮的屋顶渗出，汇入倒挂的冰柱，再落到地面的水坑里，低吟出一支不间断的、充满节奏感的小曲儿，叮咚，叮咚。

那是什么？

她直起身子。有什么东西从头顶方向朝她奔涌而来，之前还从未有过这种感觉。她张开嘴巴准备放声大喊——她有满腹的呐喊需要发泄，一旦需要，尽可以将它们全部释放出来——可是她却喊不出声来。

看呀，冰层里有个什么东西！起初它只是模糊的一团，她刚叫出一声，这个东西突然显出了具体的形状，它如同一只冰雪的眼睛，高悬在头顶，向她发出光芒，刹那间斩断她心中所有的杂念。

很明显，这是一只眼睛，一只硕大无朋的眼睛。

这只眼睛睁得越来越大，正透过她头顶上方的冰层，注视着她，发出耀眼的光芒。难怪刚才她只喊出了一声。她抬头看着这只眼睛，不再感到害怕。

她的脑子变得非常简单，寒冷正在一点点地将她的思维钝化。冰层中那只眼睛一眨不眨地看着她，但是一切都没有什么好害怕的，她只想对它说：你老盯着我看，是为什么呀？我就在这儿。朦胧之中，有个熟悉的想法在这种情形下冒了出来：我又没干什么坏事儿呀？

完全没必要害怕。

她重新坐下来，蜷缩起双脚。环顾四周，那只大眼睛给房间带来了充足的光线，现在她可以看清楚房间内部的情况了。

不过就是一只大眼睛而已。

这里有好多只眼睛。

她能感觉到那只眼睛正从头顶上方注视着她。于是她抬起头，无畏地迎了上去。

我在这里，一直都在这里，我什么也没做。

房间里充满了水滴的叮咚声，每一颗水滴，犹如一首曲子当中的一个音符。脚下瀑布发出低沉的咆哮声，不绝于耳。清脆的水滴声恰似曲子当中一段欢快跳跃的乐章。这让她想起了很久以前几乎快要被她遗忘的一些事情，这熟悉的声音令她觉得非常安心。

光线越来越强烈了。

那只眼睛注视着她，发出愈加强烈的光芒。乌娜大胆地仰起头与它对视，看着它越变越大。任由它近距离地审视着她。她不觉得有什么害怕。

她不再感到寒冷，只是觉得浑身不舒服，有一种奇怪的麻痹瘫痪的感觉，只是不再觉得冷了。恍惚之中，她想起刚才在冰宫里有一阵子觉得非常冷。她发觉自己的手脚都不听使唤了，真想躺下来小睡一会儿呀，可是头顶的那只眼睛不让她睡过去。

她挨着墙边坐了下来，不再焦躁不安。她仰起头，这样可以看到从冰层上面透过来的光。光线越来越强，仿佛包裹着火焰。在她和那只大眼睛之间，是滴答不停快速滴落的水珠，不断重复着单调的声音。

一束刺眼的强光倾泻而下。除了眼前这道光，她与这个世界所有的东西都失去了联系。那灼灼的目光如同燃烧的火焰一般，将所有的东西点亮。她木木地想着：这真是一只令人生畏的大眼睛。

她马上就要睡过去了；她甚至还能感觉到一丝暖意，这会儿一点也不冷。冰墙上的图案在房间里舞动着，光线变得愈来愈强烈。眼前所有的景象都翻转过来了，一切显得是那么刺眼。她不觉得有什么异常，一切似乎本该如此。她只想睡觉，她觉得自己软弱无力，手脚已经不听使唤了。她准备好了。

第二章　白雪覆盖的新桥

1. 乌娜失踪了

难道这只是一场梦？昨天晚上乌娜是和我在一起吗？没有错呀！

随着心中疑虑的驱散，真相逐渐明朗：原来这一切都是真实发生过的呀，希斯不禁惊喜交集。

一早起来，她心里唯一的愿望就是能再见到乌娜，她要去学校，而且一刻都不想耽搁。从今天开始，一切都将变得与以往不同。

不过希斯还是在床上多躺了一会儿，她需要仔细想想从今往后的生活。她在心里郑重其事地对自己说：从现在开始，我和乌娜就是一辈子的好朋友了。她非常珍惜这种感觉。

今天爸爸妈妈什么也没问，一个字也没再提起昨晚她不同寻常的夜归。也许他们打算过一两天再问吧。然后某一天，他们会装成不经意的样子问起，就好像之前他们从她这里打听到的大多数事情一样。

但是这次不同了，他们休想从她这里挖出任何关于乌娜的消息。乌娜那双熠熠闪亮的眼睛里流露出的一切，都属于她们自己的敏感话题。

这天早晨，和往常一样，希斯穿得暖暖的，背上书包离开家上学校。

不知道今天谁先到学校？乌娜上学走另外一条路，她们不是同路。两条道在学校门口才能会合，所以她们在上学路上还从未遇见过彼此。

不知道今天乌娜会不会觉得有点难为情。她边走边想。

早上的霜冻更加厉害了。晨曦隐约显现在头顶的天空，呈现出如同缎面般柔和的钢蓝色。希斯走在通往学校的路上，道路两旁没有任何可怖之处。黎明的黑暗正在渐渐褪去。真奇怪为什么一到晚上，黑暗就会变得如此令人恐惧。

乌娜到底是怎么了？

也许过段时间她会告诉我的。现在没必要去瞎猜。眼下我只想和她在一起。再说，她也没必要告诉我具体是怎么回事，大概就是她自己的什么伤心事儿吧，我也不想知道。

希斯匆匆跑进温暖的教室，乌娜还没有到学校。有几个同学已经坐在教室里了，他们抬起头和她打招呼："早，希斯。"

她只字不提昨晚和乌娜见面的事情，显然大家都期待着她能说点儿什么，毕竟昨天他们都参与了传递纸条的行动。不过这会儿所有人暂时都很克制地没有发问。他们大概都在等着看乌娜进来之后会发生什么吧。其实希斯早就想好了，待会儿只要乌娜一脚迈进教室，她就要立刻迎上前去，这样大家就知道她们之间的关系如何了。一想到这里，希斯禁不住兴奋得全身刺痒痒的。

难道她有表现出什么异常的举动吗？"你怎么啦，希斯？"一个女孩冲着她直截了当地发问。

"没什么。"

难不成他们已经识破了她的计划？还是她欣喜若狂的样子被他们看出来了？他们的眼睛有这么厉害吗？嗨，管它呢，反正再过一会儿这就不再是什么秘密了。虽然有点儿难为情，但是她还是决定就要这样走过去，和乌娜站在一起，高调宣布她们的友谊。

只消一会儿，她就要从门外熹微的晨光中出现，如同一个崭新的生命。

可是乌娜仍然没有出现。此时，除了乌娜，所有人都到齐了。老师走进来，大家开始上课。

老师向大家问好。

难道乌娜今天不来了？

老师站在讲台上扫视一圈，证实了她心中的疑问："乌娜今天没来。"

他们开始上课。

"乌娜今天没来。"很简单的一句话。可是对于一直密切关注教室动静的希斯来说，她还是听出了老师话音里略微吃惊的语气。其他同学是听不出来这里面的区别的。经常都有同学翘课，不是这个，就是那个。没什么可大惊小怪的。不过就是在那本厚厚的考勤本上做个备注：乌娜今天旷课一天。

希斯忐忑不安地坐在自己的位子上。

乌娜之前从来没有翘过课，这样看来，今天她一定是有什么特别的原因才不来的。希斯立刻联想到了昨晚她们在乌娜卧室里的见面。难不成乌娜是因为觉得尴尬，所以今天故意躲着不想见她？

课间休息的时候，希斯尽量让自己表现得若无其事。看来她掩饰得挺成功的，没有人觉得有什么问题。也没人向她提起乌娜旷课的事情，在大家眼里，乌娜成了一个局外人。

他们继续上课。冬天的太阳姗姗来迟，此刻它正努力透过教室的窗玻璃一点点地射进来。希斯盼着太阳快点下山，快点到放学的时候，这样她才好去看看乌娜到底是怎么回事。这一天显得格外漫长。

刚过中午，太阳隐入云层。还没等太阳下山，它已经被蒙上了一层薄雾，渐渐地这层薄雾又变成了厚厚的云层。

老师站在讲台上说，天气预报说今天下午可能会有雪。

雪。

今年冬天的第一场雪。

话虽短，但是意义重大：要下雪了。

犹如一阵铃响，教室里所有人都意识到这句话的分量：下雪，是生活中很重要的一件事。

老师接着说："这样一来，天气就不会这么冷了。"

"冰面就会被大雪完全盖住了。"有那么一小会儿，大家情绪低沉，仿佛在想着葬礼或诸如此类的伤心事。实际上这话听起来给人的感觉就是这么回事，湖面上那层如同钢铁般瓷实乌黑的冰层即将从他们眼前消失，溜冰季节就要过去了。自打湖面结冰以来，他们在寒冷的冰面上有过好长一段时间的快乐时光。现在就要下雪了，这一切即将宣告结束。

等到第二节下课大家走出教室的时候，冰面已经开始变白了。

校园的操场地面此刻还是光秃秃的，但是天空已是灰蒙蒙的一片。仰头望去，有几片零星的雪花飘落到脸上。宽广如镜的湖面对雪花没有任何抵抗力，此时已是白茫茫的一片。

他们惊异于眼前的现实，一件东西可以如此轻易地就被毁掉，真是不可思议。冰面平坦，洁白，如同死一般寂静。

到了最后一节课，终于有老师问起来："有谁知道乌娜今天为什么没来上课吗？"

谁也不能体会这话带给希斯的是怎样的震动，虽然只有那么一小会儿。大家面面相觑，不明白是怎么回事。

"不知道。"大家一致回答，因为他们确实不知道。

"今天我还一直想着她也许会来的呢。"老师说道。"这可不像乌娜平时的样子，我估计她是生病了。"

大家这会儿才意识到乌娜在老师心目中要比他们想象的重要得多。也许他们早就意识到了。他们知道她是个格外聪明的学生。只不过她总是显得与大家格格不入，她喜欢远远地站在一旁。极少数时候，她也会参加大家的活动，可是等活动一结束，她就会立刻走开，显得有点清高地站在一旁看着大家。不管实际情况是不是这样。

此刻，大家都天真地仰起头看着讲台，他们知道老师在表扬乌娜。老师的眼睛在教室里一排排地搜索着，问道："你们当中有谁是乌娜的朋友？有谁知道她是不是生病了？自从开学以来，她还从未旷课过。"

没人回答。此刻，希斯坐在自己的位子上，如坐针毡。

"难道她就这么孤独？没有一个朋友？"老师问道。

"不是的！"

所有人回头看着希斯，只见她满脸通红地坐在那里。刚才这话是她说的，她几乎是喊着把话说出来。

"刚才是你在说话吗，希斯？"

"是我。"

"你和乌娜熟吗？"

"是的。"

其他人看上去一脸疑惑的表情。

"好吧，那你知道今天她为什么没来学校吗？"

"我今天没见到她。"

希斯的表情看上去和往常很不一样，老师觉得有必要多问几句，于是老师走近她问道："你是说——"

"我说我是乌娜的朋友。"她脱口而出，不等老师把话说完。这下所有人都知道了，她想。

有个坐在她旁边的女生望着她，那表情仿佛像是在说：从什么时候开始的啊？我们怎么不知道呀。"我和乌娜是昨天晚上成为朋友的，这下你们知道了吧！"她挑衅似的补充道。

"我的好孩子，我们说什么了吗，希斯？"老师问道。

"没有。"

"那就是说，直到昨天晚上，乌娜一切还都好？"

"是的。"

"好的，我知道了。这样的话，放学回家的时候你也许可以绕道去她家里看看，看看是否一切正常。我知道她上学走另一条路，但是你不介意多走一小段路吧？"

"我不介意。"希斯说道。

"谢谢你。"

所有人吃惊地看着希斯，到了最后一节课课间的时候，他们扑上来问道："你知道乌娜发生什么事了？"

"我什么也不知道。"

"别装了，你肯定知道些什么，老师都看出来了。"

于是双方闹得很不愉快。他们难以接受希斯一夜之间突然成为乌娜的好朋友这个事实。他们明显感觉希斯还知道些什么，但是她就是不想告诉他们。

"希斯，我们看得出来你是知道的。"

希斯绝望地回过头去看着她的小伙伴们。顷刻之间，希斯知道乌娜有天大的秘密这件事，成了事实。

放学了，大家走在回家的路上。天空变得更加阴沉，有零星的一两片雪花飘落下来。希斯和几个同学走在前面，她知道大家都在心里犯嘀咕：她到底知道乌娜的什么秘密呢？等希斯走到大路的一端准备拐向旁边小道的时候，大家都不约而同地停了下来，表情怪怪的。他们觉得受到了伤害，这一切都是因为希斯的缘故。

"我怎么啦？"希斯厉声问道。

大家一言不发，看着她径直朝小路走去。

希斯以最快的速度沿着那条小道朝小木屋匆匆走去。雪，开始纷纷扬扬地飘落下来。

下雪了。空气变得柔和起来，夜幕正在悄然降临。真正的雪季来临了。雪花洒落在被冻得硬邦邦的大地和山峦之上。就在希斯快走到老姨家的时候，天空已经飘满了飞舞的雪花，等她走到屋子跟前，院子里已经覆盖上了一层白雪。

院子里空无一人。

我到底知道乌娜的什么？

他们以为有什么秘密。就算是有秘密，那也是我和乌娜之间的秘密。当然啦，还有上帝知道。凝视着纷纷扬扬的大雪，她暗自补充一句，出于保险起见。

这是她途中一次很重要的停顿。

刚走进院子，透过纷飞的雪花，她看见老姨立刻迎了出来。这是怎么回事？直到这时，她才意识到自己其实一直处于一种忐忑不安的情绪之中——老姨走出来，好像一直在等着她似的。她为什么要这样？

　　希斯三步并作两步地跨过院子，一个箭步踏上门前落满新雪的地垫。老姨在等着她，她看上去是那样的瘦小而孤独，目光忧郁地望着外面飘零的雪花。

　　"乌娜出什么事了？"还没等希斯踏上门口的台阶，老姨就迫不及待地半压抑着嗓门儿大声问她。

　　"什么？"希斯气喘吁吁地问道。

　　这话有点令人摸不着头脑。

　　她得好好冷静下来，把情况搞清楚。

　　"我问你乌娜为什么没有和你一起回来？"

　　她只能和盘托出内心的恐惧："难道乌娜今天不是在家吗？"

　　突然间，黑暗仿佛从四面降临。然后是两人慌忙凌乱的互问，接下来两人在房间里和门口的树林子里漫无目标地一通乱找。

　　她们惊慌地四处奔跑，屋子里没有电话，但是离家不远处有一台电话，老姨朝那边走去。

　　"再晚一点，天就要全黑了。"说着，老姨开始小跑起来。

　　希斯急忙往家的方向奔跑，她现在非常需要爸爸妈妈，哪怕听他们说什么都行。雪，纷纷扬扬地飘落下来，黑暗正在降临。

　　希斯再次独自奔跑在这条路上。随着初雪的降临，道路显得焕然一新。路上没有车，也没有车辙印痕。她不再去多想路旁的精灵，她只想快快回家，向他们发出警报。

2. 无眠之夜

乌娜失踪了。

天就要黑了。

千万不要这么快就天黑呀!

然而, 夜色不会因为发生了临时变故而稍加延迟, 也不会听从人们绝望的祷告而停滞不前。它继续着它的脚步, 暮色渐浓。

消息传到四面八方, 人们会聚过来, 准备展开搜救工作。然而, 照明工具严重不足, 同时也由于夜幕的降临以及持续的大雪, 导致救援行动一片混乱。手电发出的光和此起彼伏的呼喊声, 统统淹没在纷飞的大雪和浓重的夜色里。人们拉成一横排行走——面前是一堵黑夜的墙, 他们但愿能击碎这堵墙。他们不想放弃, 尽最大努力与黑夜抗衡。

乌娜失踪了。

要是这场雪下在昨天, 情况会好很多, 搜救人员说。这样在雪地上就会留下脚印。然而, 雪来晚了。现在下雪只会让情况变得更糟。

希斯身处骚动的人群中间。开始谁也没有注意到她, 她在奔跑, 感觉喉头哽咽。今天晚上为了能出来, 她颇费了些周折，在家里经历了一番与父母的斗争。

"爸爸，我也要和你一起去！"

"小孩子不能在这种暴风雪的夜晚出门。"父亲一边说，一边匆匆做着准备工作。

她软磨硬泡，就是不肯罢休。

于是，自然而然地，她的这些举动引发出了父母的疑问。

"昨晚你和乌娜在一起，她有什么特别的情况吗？"父亲问道。

"没有。"希斯淡淡地答道。

"是啊，她说什么没有？"母亲听罢也加入进来。"你昨晚回来时候的样子确实有些异常，她说什么了？"

"我不能告诉你们！"话音刚落，希斯就在心里懊悔不迭。她意识到自己说得太多了，然而话已经抛出在半空中了。

"我的天哪，她都说了些什么，看样子你知道今天为什么会发生这样的事情？"

"没有，我什么也不知道。好吧！"

所幸他们在事后才想起来问她这些，现在她可以头脑清醒地拒绝他们。当时乌娜是想告诉我什么的，可是我跑开了。她在心里想道。

最后，母亲站起来对父亲说："我看你还是让她跟你们去吧。虽然我们也搞不明白这里面到底是怎么回事，你看她那副激动的样子。"

于是希斯就跟着父亲出门了。刚开始她的几个同学也跟在人群里面，后来都被家长送回家去了。希斯躲在队伍的最边儿上，这样不容易引起人们的注意。

天完全黑下来了，如果必要的话，救援人员打算彻夜搜索，他们绝不能让乌娜一个人留在黑夜里。

可是到哪儿去找她呢？大家只能四处寻找。没有任何线索。他们打算以老姨的屋子为中心展开搜索。老姨已经筋疲力尽了。有几个人进屋来询问情况，他们猜来猜去，希望能得到老姨提供的哪怕是一丁点儿的线索和建议。

"到湖面上找找吧。"有人提议道。

"去湖面上找？"此处唯一的一片宽广水域就在大河附近，她不会跑到那么远的地方吧？

"她去那里做什么呀？"

"那她又会去哪儿呢？"

"我总觉得应该是在大路上出事了，路上车来人往的，什么人都有。"

大家安静下来，有点不知所措，互相小声地嘟囔着各种可能性。他们一趟趟地出去，然后又空手而归。这条开放的大路永远是个不安全的因素，大家都不敢接着往下想。

"我们已经给各地都打过电话了。"有一个人急匆匆地说道。

"但是我们还是漏掉了一个地方，她会不会跑到瀑布那边了？现在那边有成堆的冰块。之前听说学校要组织孩子们去那里郊游的。有没有这种可能，乌娜自己一个人跑到那边，然后走丢了？"

老姨突然打断了他的话："逃学出去玩吗？这可不像我们家乌娜。"

"那么，她是个怎样的孩子呢？"

"她有朋友吗？"

"没有，一个也没有。她和一般的孩子不太一样。昨天有个女孩来家里玩，这是乌娜住在我这里以来的头一次。"

"哦，就在昨天吗？是谁？"

"就是那边那个姑娘，希斯。不过她也说不出什么来，我今天问过她了。虽然有些话她也不想说。我猜想是她们女孩子之间的事吧，昨晚希斯回家的时候，她们俩站在那儿咯咯地傻笑着。不过这些都不重要。"

老姨站在屋子外面的雪地里，精疲力竭，完全不能给大家提供什么有用的信息。但是即便这样，她还是大家的中心人物。

"为什么雪要在这会儿下？非要在出事之后才下。"她说。

"事情总是这么不凑巧。"旁边一个人沮丧地附和着。

"也不全是。"老姨说道。

那天晚上，家家户户彻夜亮着灯。小道上的新雪以及道路之间的雪地，被大家往返的脚步踩得乱糟糟的。密密匝匝的风雪中，搜救灯忽明忽暗，在灌木丛和开阔的荒野上隐约闪现。呼喊声此起彼伏，然而这声音始终无法传到太远的地方，更无法穿透这浓浓的黑夜。

也许等天亮的时候找到她的几率会更大一些。有人建议道。但是他们不可能等到天亮。

希斯不小心摔倒在一片树丛里。在此之前，她一直走在灯光的照明范围之内，也能听见大家的呼喊声。她父亲时不时地关注她一下，她自己则尽量走在队伍的最外边。突然，她的思绪在乌娜身上停顿了几秒钟，于是整个人一下子瘫倒在树林中间。

乌娜在哪儿？

"嘿！你好呀——"身旁有人在和她说话，但是她没有理会，到处都能听到人们此起彼伏的呼喊声。

她瘫坐在地上，不是因为疲劳，而是出于一种难以言状的无助感。

乌娜可千万不能出什么事儿。

正在这时，她听见身后的脚步声。她回过头，只见一个小伙子正举着一盏灯，站在光圈之中。他的脸清晰可见，此刻他正带着一脸欢喜，热情而温柔地朝她打招呼："你好呀！"

听见他的声音，她有点畏缩地想抽身回去，可是他已经朝着她俯下身来。

"别，别躲着我！"他说道。"我知道你在想什么，这回你可跑不了了。"

紧接着，一双有力的臂膀围住了她，她能感觉到他搂住她的时候那种难以控制的兴奋。

"我就知道我能找到你——我可是相当的自信。"

她明白是怎么回事了。"不是我呀！"

他大笑起来："你还想骗我吗？不过我得告诉你，你这个玩笑开得有点大了。"

"我告诉你我不是你要找的人，我也是帮着大家一起找乌娜的人。"

"你不是乌娜？"陌生人脸上的快乐消失了。

要是他真能找到乌娜，那该多好啊。但是她还是得告诉他："不是的，我是希斯。"

那只强壮的臂膀猛地松开了她的胳膊，于是她突然摔倒在地上，一根树枝划伤了她的胳膊。那小伙子生气地说："你最好不要在这儿捣乱了，所有人都会误把你当成乌娜的。"

"我必须和你们在一起，就是这么简单。我认识乌娜，我认识她。"

"哦？是吗？"他的声音一下子又变得温柔起来。

她并没有生他的气。

"你刚才受伤了吗？"

"没有，没事儿。"

"刚才我不是故意的——但是我看见你被擦伤了。"

她的心里涌起一股小小的神秘的快乐。

"可是你不能再在这儿添乱了，你和大家要找的那个小姑娘年龄相仿，你们长得太像了。我们在这里可不是闹着玩的，你现在得马上回家。"他的语气变得强硬起来。

希斯毫不示弱，她可不是人们眼中那个可以随意支走的无关紧要的小孩，他们不能用这种口气和她说话。于是她不假思索地说道："我是唯一知道乌娜的人，昨天晚上我们俩还在一起来着。"

怎么样？他觉得被震住了吗？好像没有。他有点勉强地直截了当地问道："这就是说，你知道她的一些情况？"

她抬头望着他，手提灯在两人中间，他们可以清楚地看见彼此的眼睛。他吃惊地睁大眼睛低头看着她，然后转身跑开了。

希斯为自己刚才的冒失话语懊悔不已，空气中充满了紧张的气氛。眨眼间，她就陷入了自己设置的网罗。消息如同闪电般传开了：有个叫希斯的小姑娘了解一些情况。

宝贵的时间在一分一秒地流逝。没过多久，一只有力的大手一把拽住了她的胳膊，她回过头一看，不是刚才那个长着一双大理石眼睛的陌生人，这是一张表情冷峻的男人脸，她认识这张脸。可是今天晚上他的表情可真够严峻吓人的，平时他不是这样的。

"是你吗？希斯？你跟我走。"

希斯感觉有点发僵，"你要干吗？"

"你得回家，你不能这样到处乱跑。不过，我还有些事情想问问你。"他说道。她的身体开始发抖。

他的手牢牢抓着她，她只好跟着他走。

"我爸爸允许我出来的，你们什么也不知道。"她抗议道。"我现在还不累。"

"好的，过来吧，我们几个想和你谈谈。"

哦，别呀。她在心里喊着。

他们走到另外两名搜救队员面前，那人松开了她的胳膊。她认识这些人，他们都是住在附近的邻居。她知道他们想说什么。

"我爸爸在哪儿？"她大声问道，给自己壮胆。

"哦，他应该就在附近，这个我可以向你保证。好了希斯，你听我说。我们听说你知道乌娜的一些事情，昨晚你和她在一起来着。"

"是的，我昨晚在她家待了一会儿。"

"她和你说什么了？"

"呃——"

灯光下，三双严肃的眼睛盯着她。通常情况下，他们都是些和蔼可亲的人，可是现在看上去一个比一个令人害怕，每个人的表情都如石头般冷峻。

她不说话。

"你必须回答我们的问题，这也许能救乌娜的命。"

"不！"她开口了。

"难道不是你说的，你知道一些乌娜的事情吗？"

"她没说，这件事情，她什么也没告诉我。"

"你说的这件事情，是怎么回事？"

"就是说她打算去哪里的这件事。"

"也许乌娜还说过其他的什么，能给我们提供一些找到她的线索？"

"没有。"

"那她和你说了什么？"

"她什么也没说。"

"你知道这事的严重性吗？我们问你这些，不是用来追究你的什么责任，我们只是想尽快找到乌娜，你刚才说过——"

"我只是说我了解她一点点！"

"不是这样的吧，我觉得你知道些什么，乌娜是怎么说的？"

"我不能告诉你。"

"为什么？"

"因为事情不是你们想象的那样，她什么也没说，更没有说要藏起来的事儿。"

"也许她没有这样说，但是情况是一样的——"

希斯开始尖叫起来："放开我！"

他们突然停止了追问，因为从希斯的尖叫声中他们听出了一些危险的情绪。

"回家吧，希斯。你太累了。妈妈应该在家里等着你呢。"

"我不累。爸爸妈妈答应让我出来的，我必须留下。"

"必须吗？"

"嗯，我想是的。"

"我们不能在这里继续浪费时间了，真遗憾你不能提供什么消息，而这些消息想来应该是很有用的。"

不会有用的。她在心里想着。他们走开了。

她脑子里一片空白，有种奇怪的感觉。旁边是一条回家的近道，但是她觉得自己必须整晚留下来。于是她又像刚才那样，走在光线照明的范围之内，但是她尽量往边上靠，以便让自己隐藏在夜色之中。可是没过多久，她再次被人拦住了，这次是另外一个人。这人太专注于他的搜索，以至于见到希斯并没有表现出吃惊的样子。

"你也在这儿啊，希斯。我正想问你一件事，你觉得乌娜会不会跑到瀑布那边去看那一大堆冰块呢？"

"我不知道。"

"学校之前是否有过计划要带大家去瀑布那边远足？"

"是的，有过计划。"

"她有没有提到过她想自己去那边看看？她比较喜欢独处，这你是知道的。"

"我没听她提起过。"

这些询问并没有什么特别之处，那人询问的时候也是格外地小心。但是对于希斯而言，它们是压垮她的最后一根稻草。她站在呼啸的风雪中，号啕大哭起来，心里充满了苦涩的滋味。

"哦，天哪！"那人说道，"我可没有要把你弄哭的意思。"

"你们打算去那边找她吗？"希斯抽泣着，尽量让自己平静下来。

"是的，我们得过去看看，而且一刻也不能耽搁。既然学校最近提到过冰宫，就很有这种可能。"他说道。"也许乌娜想起了这回事儿，独自去到那里，然后走失了。我们要从大湖的出水口，也就是河流源头的地方开始搜寻。"

"但是——"

"谢谢你提供的信息，希斯。你是不是该回家了？"

"不，我要和你们一起去河边！"

"你不害怕吗？那你得和爸爸说一声，我看见他就在那边。"

是的，爸爸就在那里——精力充沛、神情严峻地站在那里。脸上带着和所有人一样的表情。

"我也想去河边，你答应过我可以出来的。"

"现在不可以了。"

"我可以和大家走得一样快！"她挤在匆忙前行的人群中间，大声说道。她感觉自己浑身发紧，她已经做好了全力以赴的准备。

"我觉得她行。"看见她跃跃欲试的样子，旁边有人说道。

父亲不敢再反驳什么，那一刻希斯的样子令人无法拒绝。

"好吧好吧，也许你能坚持下去。我得先去找户人家，给你妈妈打个电话，她一直没睡，还在家里等着你。"

黑夜中，一群人朝着河流的方向出发，他们沿着湖边一直走到大湖的出水口。大家分成两队排成扇形方队，小心地确保每一个人不掉队。雪势渐弱，雪花仍然不停地抽打着人们的脸颊，地面覆盖着一层厚厚的积雪，所有这些都影响着队伍前进的速度。希斯浑然不觉，心里是满满的勇气。

几乎每个人手里都拎着一盏灯，在黑暗中形成一条流动的灯河，闪烁的灯光覆盖了整片丘陵和湖湾，以及通往河口的道路。眼前的情景真是奇妙极了，走在其中给人一种异样的感觉。希斯的心里重新充满了力量。

湖面蜿蜒伸向夜的深处，如同一片白雪覆盖的平原。冰层如大理石般坚硬，在这里估计不会有什么问题，人们很难想象乌娜会从这里穿过整个广袤荒芜的冰面到冰宫那么远的地方。

大家在黑暗中深一脚浅一脚地继续前行。希斯紧随在父亲身后。既然已经得到父亲的同意，她也就没有什么好躲闪的了。

他们终于来到大湖的出水口处。顺着光线的方向看过去，黑色的湖水正柔缓无声地从湖口冰层的下面倾泻而出。队员们走近前来仔细查看眼前流淌的湖水，一切显得是那样恐怖。站在这里还看不到冰宫。瀑布位于下面山谷的深处，在这一片混乱当中根本听不见瀑布的声音。

深沉的河水无声地流淌着。人们自动分成两拨，沿着河岸两侧继续前行。

雪下得更大了。雪片抽打在手提灯的玻璃罩上，融化的雪水将灯光弄得忽明忽暗，非常恼人。有个年轻人显然是过于激动，神经太过紧张，只见他冲着纷纷扬扬的大雪咬牙切齿地大喊一声："别下了！"

雪，突然就停了。好像一只口袋被倒空了一样。小伙子惊住了，一时之间觉得有点尴尬，他快速地朝周围扫一眼，还好，没有人注意到他。

天空中没有了雪花——人们第一次看见一个深邃广袤而寂静的黑夜。希斯站在这条无声的大河边上，水从冰层的底部流淌出来，那里面有可能藏着任何东西，同时它也可以把所有的东西都吸进去，她不敢再往下想。

他们沿着河流两岸的山丘继续往下走，随着地势的降低，河流开始发出声响。

快点！人们匆匆走进树林，跨过石头，同时还要小心察看他们经过的每一个地方。

跳跃的灯光与河流结伴而行，给岸边坚硬的冰层镶上了两条闪烁的流苏。两条亮光的中间是黑色的河水。手提灯发出的光，照明射程非常有限，无法照亮更远的地方。远处的一切仍是未知，从河谷深处隐约传来了瀑布的声音。

他们沿着河流两岸一路往下走，没有发现任何情况。

每个人都在心里期待着什么，但仍然一无所获，救援经常会遇到这样的情况。

突然，第一个下到谷底的人大喊一声："你们快来看啊！"

几乎在同时，所有人都看到了，希斯也看见了。入秋以来，他们中间还没有人专程跑到瀑布这边，虽然这段时间它一直是大家谈论的话题。最近这些天，冰宫向四面迅速膨胀延展。整个霜冻期间，水在山谷底部逐渐凝结成冰，形成一个宽广的平台，然后慢慢开始在上面搭建它的工程。人们举起手中的灯，如同被雷电击中一般，目瞪口呆地看着眼前这个由瀑布雕塑而成的庞然大物。

希斯看着身边的人和眼前的冰宫，那晃动不停的灯光，以及黑黢黢的夜，她一辈子也忘不了这趟探险之旅。

人们沿着瀑布两侧的斜坡从凹凸不平的冰面往下爬，举起手中的灯对准他们经过的每一道冰缝仔细查看。

在晃动不定的光线下，冰宫看上去显得比实际的样子大出至少两倍。瀑布的落差非常大，跌落而下的瀑布在此凝结成冰，从下至上缓慢地堆积成眼前这个庞大的工程。搜救人员举着手提灯，凑近前去，仔细查看冰山两侧熠熠发光的陡峭坡面。冰面坚硬瓷实，雪堆积在冰宫的底部，雪地上没有任何足迹。从下面抬头往上看，新雪堆积在冰宫顶部与穹顶之间的谷地。灯光只能照亮眼前很少的一部分，远处的冰墙呈灰黑色，在黑夜中静默。脚下是独自咆哮的河水，如同一头可怕的怪兽。

整个冰宫漆黑一片，死寂无声。没有任何光线从里面透出来。人们无法得知里面的情况。手提灯的光照射程也非常有限。总之，所有在场的人都被眼前的魔幻景象迷惑住了。

河水在冰宫里面咆哮着，直接撞向谷底的岩石。当它带着飞溅的泡沫和升腾的水雾，等它再次从地下城堡和城墙内出现的时候，立马又重整旗鼓，气宇轩昂地继续向前奔涌而去。在这黑漆漆的夜晚，谁也无法预测出这条河流的长度。

什么也看不见，除了眼前的冰宫和流水，还有这无尽的黑夜。

冰宫是封闭的。

希斯环顾四周，她想看看人们是否会对此显出失望。此刻，每个人看上去都面无表情。再说，这取决于他们心里的期待值，取决于每个人都希望找到什么。

所有人都静静地站在那里。

这一切究竟是怎么形成的？

显然大家已经忘记了希斯的存在，他们顾不上向她发问，任留她独自待在父亲的身旁。大家开始继续搜寻，可是谁也进不到冰宫里面。于是他们想法从冰宫外围两侧爬到它的顶部，在黑暗中大声呼喊着彼此，喧嚣的瀑布声夹杂其中。

忽然听见有人大声在喊："这儿有个入口！"

大家急忙跑过去，这是一个隐藏在几面绿色冰墙之间的一道裂缝，他们中间体形最小的两个人举着照明灯挤了进去。

里面一无所有，空气冰冷刺骨，直逼骨髓，比起外面要冷得多。这就是一个四面是冰墙的房间而已，里面找不到其他的出口，他们的身后是喧腾不宁的瀑布，在黑夜中发出无止息的咆哮声。

他们在嘈杂的房间里大声呼叫彼此，告诉对方在这里没有发现什么东西。然后他们举着提灯，仔细地再次沿着冰墙巡视一番，他们发现了一个比巴掌略窄的冰缝，有水沿着冰缝两侧汩汩流出。

一无所获。

两人从里面挤出来，向大家汇报："里面什么也没有。"

"早料到是这样。"

人们绝望地抬头望着眼前这座肆无忌惮在继续变化之中的冰宫。每个人神色严肃，那个自封为队长的人说："也许我们不该这么匆忙。"

大家猜不透他话语背后的意思。每个人都能感觉到这里有一种诡异的气氛。希斯抬头望着父亲，他似乎不打算成为大家的领头人，他只是跟着众人一起走。

这时候，人群中有一个人突然朝希斯走过来。希斯有点累了，其实她是相当疲倦了，只是由于精神高度紧张而忘记了疲劳。她满眼恐惧地望着这个人，接下来又要有一大堆的问题了。

"乌娜有没有说过要来这里的事情？"

"没有。"

她父亲突然上前一步，厉声道："够了！不要再给希斯增加压力了。"

队长也走近前来，快速而果断地对刚才发问的那个人说："希斯已经把她知道的都告诉我们了。"

"是的。"她父亲说道。

"我很抱歉，"提问的人缩了回去，"我没有要伤害希斯的意思。"

希斯感激地看了一眼两位表情严峻的男人。接着队长发话了："咱们把所有地方再检查一遍，这里有许多裂缝，如果乌娜来过这里，而且打算爬上去的话，那么她很有可能会掉进其中的任何一个裂缝里。"

无人反对，于是大家立即分头行动。陌生的冰宫向他们施展出巨大的魅力，在他们执着的意念中，他们就是那个即将打开冰宫之谜、与之连为一体的人。

重新将这一切再来一遍。

希斯站在山脚下，看着眼前的冰宫在她面前再次复活。人们从四面八方朝冰宫聚拢过来，灯光照在它凹凸不平的冰面以及缝隙和峰顶。显然这不仅仅只是一个冰宫，这是一场被点亮的盛宴，虽然光线只是落在了它的表面。

希斯沉醉在这奇幻的夜色当中。她为能够跟着大家出来而极度狂喜；同时又因为乌娜的缘故，她的情绪始终处在一种震惊的状态之中。她忍不住小声地啜泣起来，不过没有人注意到她。

她暗自思忖，不管发生什么事情，她都要坚持下去。搜救人员还不打算放弃，他们计划沿着河流去往下游更远的地方，河水在那里注入一个冰冻的湖泊，距离这里不算太远。瀑布正好位于两个湖的中间。

大家继续搜寻。这些人带着光明与活力，面对的却是一个未知的城堡——死亡之谷。他们当中如果有谁挥舞手中的杖，不小心击中这座堡垒的任何一堵墙，就会发现这些冰墙坚硬如石。面对死亡，风声屏息，它在死亡冰冷的怀抱里流连，呜咽震荡。一切静默无语，人们徒劳无功地重复着每一个动作。

3. 离开之前

所有人一动不动地待在原地，等待着搜索的结果。他们无法释怀。

巨大的冰雕耸立在众人面前，高深莫测，巍峨凝重。冰宫的高处隐藏在黑夜中，冬夜浮云在寒风中飘移不定，看上去它似乎打算在这里长久地待下去了——殊不知时光转瞬即逝，等洪水到来的那一日，它自然会轰然坍塌。

人们彻夜宵禁，迟迟不肯离开。每个人都没有意识到自己其实已经筋疲力尽，究竟是走还是留，他们一脸茫然。封闭的冰宫里蕴含着生命的气息。

这些人给冰宫带来了生命，将光明与生气赋予这座死气沉沉的冰山和子夜无尽的寂寞。在他们到来之前，瀑布漠然沮丧地奔涌着，冰宫如鬼魅般沉默无语。还没等明白过来究竟是怎么一回事，人们已经被它神秘的过往和不可预测的未来所蛊惑。

或许也不尽然。

这里面究竟隐藏着什么秘密。它散发出的悲伤情绪，在夜半光影中传递出死亡的气息。迷离之际，让人们得以自欺欺人地沉醉于它虚幻的魔境。光线透过冰层的各个角落折射出去，然后再从冰面各处的沟垄斜射过来，光影交错，形成转瞬即逝的光点。他们深知光的不可靠，禁不住颤抖着止步。但是他们又必须硬着头皮往前走，如果前面发现一个裂口，那是因为它看起来像是个裂缝。

最终，他们不得不离开这里，虽然每个人都万般地不情愿。

这一仗，他们输给了冰宫。人们发疯似的执着于想要找到什么，一个与他们息息相关但注定是悲伤的结局。他们疲惫不堪，面色阴郁，自欺欺人地将自己置身于这魔幻的境地之中，幻想着突然有人大喊一声：找到了！他们站在冰宫脚下，神色凝重，随时准备面对这座封闭而令人叹服的庞然大物唱出心中的哀歌。毫无疑问，如果人群中有谁因为冲动而起个头，其他人一定会紧随其后。

小姑娘希斯站在那里，看着欲哭无泪的人们，觉得有什么事情即将发生。她看见每个人微微张开的嘴，她看到父亲站在一旁，随时准备加入。如果是那样的话，希斯会驻足聆听，在瑟瑟发抖中期盼着冰宫轰然坍塌的一刻。她惊魂不定地看着身边的大人们。

然而，最终谁也没能发出声音，于是这支哀歌泯没于寂静之中。他们只是一些忠诚的搜救者，他们将心底深处的所有情感封闭在心里。

队长说："咱们从头再来一遍。"此刻，他已不知身在何处，他愿意为乌娜做任何事情。时间宝贵，大家艰难地再次爬上滑溜溜的冰面和冰宫屋顶，依旧是一无所获。深藏不露的河水从冰宫底下一泻而出，流向远方。终于，他们该走了，队长发话了："咱们还是回去吧。"刚才有那么一瞬间，他也想冲动地加入众人，与他们同声唱出那首令人心碎的哀歌。

4. 高烧

乌娜正站在门口，朝里面张望。

可是乌娜不是失踪了吗？

没有。此刻乌娜正站在门口，向里面张望。

"希斯是你吗？"

"是我，你怎么不进来呀？"

她点点头，走了进来。

"你怎么啦，希斯？"她问道，换了一副嗓音。她的模样也变了，变成了妈妈的模样。

希斯迷迷糊糊地躺在自己房间的小床上。她先是看见乌娜，然后又看到了妈妈，感觉自己正在云里雾里翻腾。

"希斯，你生病了，你在发烧。"

妈妈用她一贯温柔的声音说道。

"昨晚出去对你来说太累了。你瞧，回来就病倒了。"她说。

"乌娜呢？"

"据我所知，他们还没有找到她。大家现在又出去了。你今天一大早回来的，一到家就病了。"

"就是说，我和他们在一起待了整整一个晚上？"

"是的，但是你的身体吃不消。"

"我们爬到了那座高高的冰山上面，还下到了河边。剩下的我就记不清了。"

"是的，你太累了，爸爸送你回来的。不过你还是靠自己坚持走了好长一段路。然后我们把医生请到了家里。"

希斯打断妈妈的话："现在是什么时候？晚上了吗？"

"是的，又到晚上了。"

"爸爸呢？他在哪里？"

"和大家一块儿在外面搜寻。"

好在爸爸的身体比我强多了，希斯思忖着，心里很高兴。

"班上其他同学今天也都出动了。"妈妈接着说。"学校今天停课一天。"

这听起来有点奇怪，停课一天。她躺在床上反复咀嚼着这句话。

"我觉得乌娜就站在门口似的，我觉得她没走远。"

"谁也不知道是怎么回事儿，不过这会儿她不在门口。今天你看到了好多奇奇怪怪的东西，你一直在说胡话。"

这是什么意思？突然，她发觉自己是赤身露体的，于是急忙把被子往上拉了拉。

"我做什么了？"

无论如何她得想办法遮掩这一切，而且她还得说些什么："乌娜没有死！"

妈妈耐心地回答她："是的，我也相信她没死。大家很快就会找到她的。也许这会儿他们已经找到她了呢。"她关切地看着希斯，"要是你还有什么……"

希斯再次昏睡过去。

她沉沉地睡了过去。醒来的时候，烧退了一些。环顾四周，卧室里空无一人，一切都是原来的样子。她略微抬起身子，妈妈听见动静，立刻走了进来。

"你这一觉睡得好久呀，安静深沉的酣睡。现在又到晚上了。"

"现在是晚上了吗？爸爸在哪儿？"

"和搜救队员们在一起。"

"还是没有消息？"

"没有，一无所获。也得不到任何指点。老姨什么也不知道。希斯，大家都一筹莫展。"

又来了，这简直就是要她的命。在整个事件当中，她被困其中，却又无能为力。她掌握的情况起不到任何作用。

你刚才睡着的时候爸爸回来过一次，他想问你一些事儿，但是我们不想吵醒你。他说是很重要的一些事情。

妈妈哪里知道，此刻的希斯已经快到崩溃的边缘。

"你在听我说话吗，希斯？"

没法再睡了。我刚才是怎么对妈妈说不知道的了？我说出什么事情没有？

"希斯，你再仔细回忆一下，你和乌娜在一起的时候究竟说了些什么。她和你说过什么话？"

希斯躺在床上，牢牢揪着被子的一角。一阵陌生的感觉向她袭来。妈妈接着说："爸爸就想知道这些。不仅仅是爸爸，其他人也想知道你能否给大家提供一些线索。"

"我已经说过了，我什么也不知道！"

"你确信是这样吗，希斯？当你发烧胡言乱语的时候，说了好多对你不利的话。你提到好多奇奇怪怪的事情。"

希斯惊恐地盯着妈妈。

"最好还是由你自己来告诉我们。我不想吓唬你，但是这些信息至关重要，与乌娜的性命息息相关。"

她感觉那陌生的东西正悬在她的身上，仿佛立刻就可以把她抓住。

"可是当我和你们说，我不能告诉你们什么的时候，我就真的不能再和你们说什么了。可以吗？"

"可是，希斯——"

忽然，一切都暗了下来。瞬间，周围的东西变得奇怪而诡异。妈妈急忙朝她奔过来，希斯大声喊道："我告诉过你的，她什么也没说！"话音刚落，一切全然笼罩于黑暗之中。

妈妈惊骇地站在床边，试图将希斯晃醒。希斯蜷曲着身子，号啕大哭。

"希斯，我们再也不追问你了……你听见了吗？我之前不知道……"

5. 积雪深处

乌娜究竟在哪里？

有声音似乎在问。雪。一切是那样的漫无目标，毫无意义。没有头绪的一天。天气不再那样寒冷，雪还在不停地下着。夜幕降临，随之而来的是那个迫切的问题：乌娜在哪儿？

雪。有声音从荒野和屋内答道。真正的冬天来临了。乌娜消失其中。尽管经过大家的全力搜寻，还是一无所获，没有任何线索。乌娜隐藏在一个未知的地方，一如那漫天的飞雪，令人难以探寻。

大家没有放弃，搜索工作以其他方式在持续进行着。此时，继续在树林里顶着呼啸的风雪跋涉已经没有太大的意义。他们转而通过其他途径观察和了解事情的进展。

一时之间，那个默默无闻的乌娜成了公众人物。报纸上出现了关于她的各种报道和照片。人们在寻人启事上看到她的照片，那是她在夏天拍的一张照片。

湖面宽广静谧，不再发出爆破的声响。湖水沿着环形堤岸，从颇为壮观的出水口平静地涌出。不再有人去到那边。从那里再往下走不多远，藏着那座冰宫。在积雪的掩盖下，它失去了往日的棱角。没有人会在这样的天气踩着厚厚的积雪下到谷底深处。

但是那个夜晚，当人们站在冰墙对面凝视着这座冰宫的时候，它已经在所有人心里刻下了深深的痕迹，随之与乌娜有关的一切都传奇化了。大家确信乌娜一定是爬到了冰宫上面，然后失足跌入河中，被河水卷走了。

他们继续在瀑布下游河道的水塘里做着打捞工作。夜晚，用于打捞的棍子戳在水塘中央，在风雪中被冻成一根根的冰棍。通往老姨屋子的方向，被人们踩出了许多条小道。各方消息汇聚于此，这个孤独的妇人，是乌娜唯一的监护人。漫无目标的小道会聚到这个集合点，一个清晰无泪的聚焦点。

"我知道了，"老姨说道，"谢谢您。不过没有什么用。"

这里曾经是乌娜的庇护所。

寻人启事上的照片，是去年夏天拍的，地点就在老姨家里，11岁的乌娜站在桌子旁边。

在河里进行拖网式搜寻的人们轮番前来向她汇报情况。进屋之前，他们将棍子放在门外。屋里，疲惫的人向老姨描述这一天的进展，老姨总是诚恳和气地对待每一位来访的客人。第二拨人在次日天刚亮的时候过来。雪，整夜地下个不停。看来这又是一个多雪的冬天。

老姨听着第二拨人的汇报。这拨人数更多。他们都想知道乌娜究竟是不是还活着，然而还是没有任何消息。

"我明白了。很好，非常感谢你们。"

她同时还得接待其他的来访者，他们想从她这里得到更多关于乌娜的信息，以期提供给他们一些线索。然而她什么也给不了。在他们面前的这位，是一位年长平和的妇人。大家打量着寻人启事上的照片寻思着，很明显，她和乌娜母亲的年龄差距还是挺大的。

"这张照片是在去年夏天照的？"

老姨点点头。显然，她已经厌倦了回答这类问题。

关于照片是"去年夏天拍的"这种说法，使得照片本身从一开始就变得引人注目。虽然毫无意义，但是大家还是情不自禁地有了一些联想。现在已经不可能知道当初是在怎样的情形下，能让照片里的那张脸儿绽放出如此迷人的笑靥。但是他们还是得到了一些信息，照片是在去年夏天拍的。大家注视着照片，把它刻在心里。

与此同时，大家疑惑地将目光投向老姨。在众人的注视下，老姨证实了这些事实。从表面看，她不属于那种个性很强的女人，但是他们意识到，在内心深处她其实是个特别沉稳有主见的人。

有一个问题是她无法回避的："乌娜是个怎样的孩子？"

"我是很疼爱她的。"

这就是他们能得到的全部答复。

听到这些对话的人，都觉得这是老姨所能给予的最好回答。她的每次回答都不留痕迹。令人禁不住要盯着照片再多看两眼。

"她的眼睛里充满了疑问，是不是？"

"哦，是吗？什么疑问？"

是什么疑问？谁也说不上来。

"她在春天刚刚失去了母亲，母亲就是她的全部。她心里一定充满了疑问，您说是吗？"

窗外，雪花飘落，将所有的痕迹遮掩净尽。

6. 诺言

积雪深处，藏着希斯与乌娜的誓言：

我保证，从今往后，我只想着你，心里不会再有别人。

我要想着你所有的一切，无论是在家里还是走在去学校的路上。一整天都要想着你，哪怕半夜睡觉醒来也要想着你。

夜半誓言，一诺千金。

我觉得你离我很近，近到几乎可以触摸到你。可是我不敢。

躺在黑暗中，我能感觉到你在注视着我，这些我全都记得。明天在学校我也要记得想念你这件事儿。

再无别人。

我要每天想着你，直到你回来的那一天。

这是一个冬日早晨的郑重承诺：

我走出教室的时候，能感觉到你就站在楼道里等着我，你在想什么？

我向你保证，昨天发生的事儿不会再发生了。那些都不重要，关键是我的心里只有你。

再没别人，我的心里装不下别人了。

我这么说的时候，你要相信我，乌娜。

希斯对乌娜重申诺言：

我们之间没有别人，我不会忘记我对你许下的诺言，直到你回来的那一天。

7. 难以忘却

乌娜不可能被这场大雪抹掉。希斯躺在床上，脑海里冒出这个想法。也就是在此时，她向乌娜许下了这个代价高昂的承诺。

过了一个星期，希斯终于可以起床了。整整一周的时间，纷纷扬扬的大雪在窗玻璃上堆满了积雪。这也是彻夜难眠辗转反侧的一周，她意识到雪下得越来越大，极有可能将乌娜的所有痕迹雪藏，完全抹掉。她觉得有必要对自己强调一下，乌娜是去到了更好的地方，所以无须再费力搜索。

然而内心的不舍再次燃烧。在这里，她为乌娜许下一个郑重的诺言。接着，从外面又传回了关于搜救的最新消息，大家无功而返。

她不会失踪的，她不应该就此杳无音信。希斯在房间里打定主意。

再也没有人拿着各种各样的问题来烦她了，似乎有人阻止了他们的这种做法。她害怕见到老姨，可是一旦能下床，她要做的第一件事就是去找老姨。

如果有人以为老姨会到这里来找希斯打听什么情况，那他们就尽可以放心了。这些天来，老姨没有一丁点儿动静。但是爸爸妈妈对希斯说，一旦身体康复，她就得去见老姨。

在她烧得迷迷糊糊的那些夜晚，她看见乌娜光彩照人地站在门口和她打招呼，一如之前在她家里见到她的样子。

你好呀，希斯。

现在希斯终于康复了，明天她就可以去学校上课了，虽然她害怕去学校。今天她打算独自去趟老姨家。其实也没有什么可逃避的，她径自出门了。

这是一个晶莹清亮的冬日早晨，出门前妈妈小心翼翼地问道：是否需要陪她一起过去。毕竟到老姨那里会令她有诸多的为难。看上去妈妈似乎也不太确定是否应该让希斯独自去拜访老姨。

"不，您不用陪我去。"希斯急忙答道。

"为什么不？"

"我不需要任何人陪我去。"

爸爸过来插话了："希斯，今天最好还是让妈妈陪你去吧。你不记得当时有那么多人追问你这样那样的问题？"

"她肯定会向你打听乌娜的事情。"妈妈说道。

"不会的。"

"会的。而且她很有可能什么都问，诸如乌娜有没有告诉过你什么的。如果有人和你在一起，她的问题可能会少一些。"

"我不要任何人陪我去。"希斯开始害怕起来。

"好吧，既然你执意这样。"他们不再坚持。"那就照你说的做。"

希斯知道其实她应该让妈妈陪着她一起去老姨家，她的拒绝让爸爸妈妈心里受了伤。可是他们又哪里知道她必须与老姨单独相处。

希斯快步朝着那栋孤零零的房子走去。房子周围的树枝被大雪压得很低，四处显得空荡荡的。通往屋子门厅的小道被扫得干干净净的。一定是村里有人帮忙扫的。老姨自己没法扫得这么干净。人们一直在默默地关心着她。说不定屋子里还有别人？希斯一步踏上门厅的台阶，心里充满了恐惧。

老姨正独自在家。

"哦，是你呀。"希斯刚一推开门，就听见老姨向她打招呼。"真高兴你能过来。你全好了吗？我听说自从那天去了河边，你回来就生病了。"

"我好了，明天可以上学了。"

突然间，所有的恐惧都消失了。相反，她坐在那里感觉很安全。

老姨接着说："我知道你不来我这里是因为你生病了，来不了。不是因为你不敢来，也不是说来了就会觉得尴尬。其实我倒是一直盼着你来呢。"

希斯没有接话。

老姨让她独自在那儿坐了一会儿，然后走过来挨着她坐下。

"也许你想问我一些关于乌娜的事情？"她接着说道。"你想问就问吧。"

"什么？"希斯吃惊道。此刻的她正僵坐着等待老姨的发问。

"你最想知道什么？"

"没有。"希斯答道。

"真的有这么神秘吗？"老姨问道。希斯听不明白她的意思。

然后她叹息道："你觉得他们很快就会找到她吗？"

"我每天都希望如此，不过……"

老姨真的还相信他们会找到她吗？听她刚才说话的语气有点奇怪。

"想进来看看吗？"

"嗯。"

老姨将小卧室的门推开。希斯快快地朝里面扫了一眼，确定所有东西是否都在原位。镜子、椅子，还有床。相册摆在书架上。一切都在原地。当然，这中间还没有间隔多少天。

谁也不许动房间里的东西。她暗自思忖着，直到乌娜回来的那一天。

"你坐下。"老姨说。

她坐在那把椅子上，就像那天晚上一样。老姨自己坐在床边。一切显得怪怪的。"为什么乌娜是这样的？"她脱口而出。

"难道她不应该是这样的吗？"老姨谨慎地问道。

她们小心翼翼地交谈着，仿佛乌娜还活着。

"乌娜人非常好。"希斯挑衅地回答道。

"是的。难道她不也是非常开心的吗？尤其是在那天晚上。"

"她不仅仅只是开心。"希斯说道，她开始放松警惕。

"去年春天，在她妈妈去世之前我并不是很了解她。"

老姨说道。"当然以前我也见过她，但是一点也不了解她。你对她知道得就更少了，希斯。她不可能只有开心的一面，尤其是在她妈妈刚刚去世不久的情况下。"

"还有一些其他的事情。"

说完这话，她心里一惊，可是为时已晚。坐在这儿真是太危险了。

"噢？"老姨一副漠然的样子。

希斯慌忙收回刚才的话："哦，其实我什么也不知道，她什么也没告诉我。"

于是，她又转回到那个该死的令她无法摆脱的旋涡之中。老姨走到她的面前，希斯顿时手足无措，觉得既尴尬又紧张。乌娜说的那些话儿只是说给希斯听的，不是给老姨的。

老姨站在她面前，对她说道："希斯，好多人来我这里问了又问，直到我疲惫不堪。他们想打听与乌娜有关的任何情况。我知道他们也这么对你来着，那是因为他们不得不这样做，他们实在没有别的办法。"

她停顿了一下。希斯紧张万分地等待着。她早就知道过来这里就会有这样的结果。但是她还是得来，她不得不强迫自己面对。

"请原谅我不得不问你一些事情，因为我是乌娜的姨妈——我觉得在这点上我应该和其他人不一样。你也知道，我对乌娜一无所知，除了所有人都知道和看到的那点事情，她从来不告诉我任何事情，一直以来都是如此。那天晚上，乌娜有没有和你说些什么？"

"没有！"

老姨注视着她。希斯抬头迎着她的目光，一副无所畏惧的样子。老姨把目光缩了回去。

"当然啦，你也不会比我们知道的更多。乌娜也不太可能在初次见面就把所有的事情和你说。"

"她什么也没说。"希斯打定主意死扛到底。"假若乌娜再也不会回来了呢？"她不假思索地脱口而出，言毕自己先吓了一跳，随即懊悔不已。

"你不该这么问的，希斯。"

"我错了。"

与此同时，她也得到了答案。

"你大概知道我也和你有过同样的疑问。如果有一天乌娜真的再也回不来了，我就把这房子卖掉，一走了之。我没法再继续住在这儿，虽然乌娜和我在一起的时间只有六个月。"

"哦，好了，"老姨随即补充道，"我们先不说这些了。乌娜没有马上回来并不等于她就不回来了。放心吧，这里的一切都不会改变的。"

她怎么知道会是这样呢？希斯心想。

"我得回家了。"希斯显得有点焦虑。

"是的，你该回去了。谢谢你来看我。"

她一定觉得我知道些什么，以后我不能再到这里来了。

老姨看上去和往常一样，和蔼可亲，平静如水。

希斯匆匆朝家里走去，庆幸自己终于了结了一桩心事儿。

8. 学校

　　第二天早上，希斯走到学校操场的时候，天刚蒙蒙亮。

　　大家围了过来。有三四个已经在操场的同学将她团团围住，希斯一直就是大家的中心人物。

　　"噢，你来啦！"

　　"你好点了吗？"

　　"那天晚上是不是挺恐怖的？"

　　"而且，你想想看，他们居然找不到乌娜的一丝痕迹！"

　　希斯回答着是或不是，大家盯着她看了一会儿，然后也就不再追究什么。

　　越来越多的同学来到操场，不一会儿，希斯就被大家紧紧地围在中间，有女同学，也有男同学。大家年龄相仿，喧闹之间，只要希斯一声令下，他们就会毫不犹豫地为之赴汤蹈火。希斯从大家的眼睛里读到了重逢的喜悦，她也很高兴与大家相见。与此同时，她一刻也不曾忘记自己许下的郑重诺言。现在正是考验她的时刻。

　　"我们也跟着搜救队去找乌娜了。"有几个同学自豪地告诉她。

　　"嗯，我知道。"

　　发生在乌娜身上的事情，使得那些天的气氛一度令人紧张而震惊——乌娜如同阴影般横亘在大伙儿中间。现在他们终于可以稍微平静地思考这件事儿了，不再觉得被牵扯其中，尤其是当他们看到希斯平安回到他们中间，几乎没啥改变，于是大家都很开心。希斯注意到之前与她有过节的两个女孩，此刻也略显难为情地站在一旁，高兴地笑着——这些她都看在眼里。只是因为她许下的诺言，让她下决心要远离他们，忘掉曾经与他们在一起的许多欢乐时光。也正是因为有了这个诺言，当她看到眼前的一切，不禁喉头哽咽。

气氛变得有点紧张。倒不是大家怎么了，而是希斯的态度突然变了。

有人忍不住问了一个大家都憋了很久的问题："到底是怎么回事？"

希斯怔住了，仿佛被人用刀子割了一下。她来不及制止他接下来的提问。

"人家说乌娜和你说了些什么，可是你却不想——"

"闭嘴！"有人在一旁急忙让他打住。

说这话的时候已经晚了。话已出口，难以再收回。那一瞬间，看上去毫无抵抗能力的希斯，仿佛突然过电一般地暴跳起来。以前精力旺盛的她也经常这样吓唬大家伙儿。这会儿只见她狂跳起来，朝着他们大声喊道："我受不了了！"

然后，她朝着旁边一个雪堆扑身下去，眼泪哗啦啦地流了出来。

大家围成一圈站在那里，面面相觑，谁也没料到会有这样的结果。眼前的希斯与他们之前认识的那个希斯太不一样了。希斯趴在雪堆上放声大哭。最后，他们当中有个男生爬上雪堆来到她的身旁，他的靴子上沾满了雪花。其他人互相对视一下，或是把目光转向别处。天色越来越暗，似乎也要跟着一起喝倒彩似的。

那个男生没有笑话她的意思。

"希斯。"他温柔地叫她，然后用自己的靴子轻轻地碰碰她。

她抬起头来看他。

是他？

他就是那个平时总是晃在队伍之外的男生，以前谁也不会注意到他。他总是默默地跟着大家。

希斯站起身来。谁也没说话。大家帮她把沾在身上的雪花拍掉。就在这时，老师走进教室，开始上课了。

大家回到自己的座位上。老师在讲台上冲她友好地点点头，希斯相信老师这会儿不会马上向她发问。

"你好了吗，希斯？"

"是的。"

"那就好。"

这就够了。气氛马上变得轻松起来。她在心里想了一下刚才那个用靴子温柔地踢她的男生。从她坐的地方，可以看到他的后脑勺。她在心里对他充满感激。这个上午过得比她想象的轻松，尤其是经历过早上的一场难堪之后。一切仿佛被蒙上了一层非常薄的面纱。

她飞快地瞟了一眼乌娜的座位，看看是不是有人坐到那里去了。还好，座位空着。没有人挪过去，即使那个座位是挺好的位置。

随后的一整天，没有人来打扰希斯。课间的时候，她站在墙边，看着大家游戏。大家也接受了她目前的状态。经过早上那场风波，恐怕他们心里都感觉挺不好意思的。

不再有人窃窃私语地提到乌娜或是与搜救工作相关的事情。他们大概也听烦了。只是今天早上希斯来学校的时候，大家才重新提起这事儿。再说，乌娜从来也不是他们当中的一分子，她不过是个旁观者，一个值得他们尊敬的旁观者，仅此而已。

听着远处传来的游戏声，希斯突然意识到自己一直站在墙边，和乌娜之前的做法一模一样。她们当中的一个女生显然在这段时间已经成了大家的领头人。

我打算就一直这样地站在这里，我向你保证。

游戏的喧闹声在继续着。

她没有意识到不仅仅只是外面的游戏在继续，而且像她现在这样一直站在墙边，也是件令人觉得不可思议的事。但是好歹这一切总算开始了，这就让她放心了。

日子就这么一天天地过去了。转眼，圣诞节到了。不过对于希斯，今年的圣诞节和以往不同。她独自待在家里，没有邀请同学到家里来玩。大家尊重她的想法，由着她去吧。渐渐地，每个人都觉得希斯变得越来越严肃。门外的积雪一天比一天增厚。

积雪越来越厚，乌娜始终没有出现。

搜救工作也许还在其他地方继续进行着——但是在这里，风雪已将所有的痕迹掩埋。日复一日，人们也许已经把这件事淡忘了。细密的雪花给万物覆盖上一层厚厚的毯子，包括人的心思意念。

老姨独自一人在家过圣诞节，她没有出去拜访任何人。但是时不时地就有人登门拜访。希斯没有胆量再去看她。每天，她在惊恐中度日，生怕哪天听说老姨要把房子卖掉，然后搬家走人。那就意味着她完全放弃了希望。

目前老姨还住在那里。

有时候，她真想问问妈妈现在她是否还会时常想起乌娜。

似乎所有人都把乌娜忘记了，希斯再也没有听到过谁提起乌娜。她没有问妈妈。只是觉得独自承受这份重担，令她有点不堪重负。她又时常回想起在冰宫的那天晚上，似乎是那些人凭空造出了这座冰宫。她打算等春天来临，等到地面适合滑雪的时候，再过去一趟。

与此同时，她走到妈妈跟前，装作若无其事的样子，用谴责的语气说道："他们把乌娜都忘得一干二净了吧。"

"谁会这样？"

"所有人都这样！"希斯脱口而出，虽然她并不是这个意思。天黑了，她就这么一吐为快了。

妈妈平静地回答道："我的乖乖，你怎么知道大家都忘了她？"

希斯一时语塞。

"再说了，他们与乌娜都不认识，这样指责他们是没有道理的。虽然确实会让人感觉不一样。你知道吗，大家每天要想的事情实在是太多了。"妈妈看着希斯，又补上一句。"你是唯一能够一直想着乌娜的人。"

希斯仿佛得到了一个大礼物。

9. 礼物

好了，又到晚上了——这是什么？

一件礼物。

我不明白。

现在是晚上，我得到了一件了不起的礼物。

得到一件东西，却不知道它究竟是什么。真搞不懂。它盯着我看，我走到哪里，它的目光就跟着我到哪儿。

它站在那里，等着我。

雪停了。天空晴朗。风很大，吹走了所有的痕迹，也填满了所有的隐秘之处。硕大的星子悬挂在雪夜上空，我的礼物站在门口等我，有时候它也进来，陪我坐坐。

我觉得我已经得到它了，可是——

风停了。此刻如果来一场暴风雪，所有疏松的雪花将被风卷起，在空中旋转飞舞。狂风在山谷间咆哮，呻吟着。此刻，我的礼物和我一起待在屋子里，它在等着我。

房间里真安静。屋顶的阁楼也是静悄悄的，那上面有一个黑黑的小窗子。我猜想我的小礼物此刻正站在那里朝着窗外张望——它在等着我，等我看见它。

无论我走到哪里，它都是如此了不起的一个礼物。我该拿它怎么办呢？

想起之前我所有的害怕和恐惧，是多么愚蠢呀。其实道路两旁什么也没有。当柔风带来融雪，乌娜很可能就会回来了。

当柔风第一千遍吹拂过湖面的时候，她就要回来。我知道她会回来的。此刻，我心无旁骛，我得到了一份最棒的礼物。

10. 鸟儿

　　长着一副钢爪的野鸟在峰峦间悠然翱翔，从空中斜着划过。它没有停歇在枝头上，只是不断地向上攀升，飞翔。它一刻不停，漫无目标地进行着无止境的飞行。

　　隆冬的风景在它的身后铺展开来，鸟儿所到之处满目萧瑟。在它的眼里，这些风景被切割成了许多的小块。它的眼睛似乎能发出无形的光，这光透过它眼睛里那些数不清的玻璃碎片，穿透凛冽的空气，将广阔的雪原大地一览无余。

　　它是这里的主人——也正因如此，生活才显得如此空虚寂寥。它那僵硬的钢爪冷冰冰的。翱翔之际，呜咽的寒风从它的脚爪之间掠过。

　　鸟儿在死寂的荒原上翻转盘旋。一旦发现树林和灌木丛中有任何一丝生命的痕迹，它的两眼就会发出闪电般的光芒，随即俯冲而下，接下来的就是死亡。

　　在这个世界上，它找不到同类。

　　每天，它在属于自己的荒野上翱翔盘旋，它不知疲倦地飞翔，永无止境。

　　它是一只不死鸟。

　　一阵强劲的风暴从荒野横扫而过，吹走了覆盖其上的白雪，将荒漠表面裸露无遗。大量松散的雪花在风中打着旋儿，形成巨大的旋涡。阳光冷冷的，天空澄澈透明。那只目光犀利的鸟儿翱翔在高空之上，俯瞰着地面的交替轮回。

今天，冰宫表面的积雪被大风刮走了，露出它完整的轮廓与锋芒。那只鸟儿注意到这些变化。只见它一个闪电式俯冲，身体随着视线所至而行动。突然，它在半空中停顿了片刻，然后一个急转身，再次垂直俯冲向下，斜斜地贴着冰宫的外墙一掠而过，随即升到令人眩目的高空，变成天边的一个小黑点儿。

没过一会儿，它又飞了回来，它再次沿着刚才的路线滑翔至同样的地方。这是一只自由的鸟儿，随心所欲地做自己想做的事情。此刻它被内心的欲望所驱使，一门心思只为达到目的。

它目不转睛地盯着下面那个黑点儿，然而它既不能对它发起突袭也没法让自己停下来。于是它只好一遍又一遍地重复着同样的动作。它朝着冰宫的方向发起进攻，如同一阵阴影般掠过冰墙。上一分钟它还出现在遥远的地平线上，下一秒钟它又在朝着冰宫的那个目标发起攻势。这会儿它已经不再是那个自由自在、长着一副钢爪、呼啸着随意往返的勇士。此刻它受困于此，成了自己的囚徒。它无法放弃，眼前的一切令它困惑不已。

11. 空位

　　隆冬。学校的课程照常进行着。课间的时候，希斯依旧站在墙角充当旁观者。其他人对此也渐渐习以为常。几星期过去了，每周都和上周一样，没啥区别。寻找乌娜的搜救工作告一段落，被搁置下来。

　　希斯谨守自己的诺言，静静地站在墙角。伙伴中的另外一个女生替代她充当了队长的职位。

　　一个冬日的早晨，从教室外面进来一个陌生女孩。她与大家年龄相仿，从其他地方转学过来，几天前她的父母刚刚搬到这个社区。

　　教室里的气氛突然变得紧张起来。希斯吃惊地发现，其实大家都没有忘记这回事儿。乌娜留下的座位此刻成了众人关注的焦点。女孩站在那里，看着她。这里的一切对于她来说是全然陌生的。

　　那个女孩看见教室中间有一个空位，于是就朝它走过去。走到座位跟前，她略微迟疑地问大家："这个位子有人坐吗？"

　　大家的目光立刻转向希斯。最近她仿佛换了一个人似的，说心里话，他们盼望着她能早点回到大家中间，而这会儿正好有个好机会，可以向她表达他们的心意，让她知道他们是多么地愿意护着她，愿意和她站在一起。希斯

111

感觉到大家的同情，这种感觉如潮水般漫过全身，顿时给她增添了不少勇气。她两颊绯红，从心底涌起一阵未曾料到的短暂快乐。

"有的。"在这种情绪驱使下，希斯答道。

女孩子看上去有些吃惊。

"这个位子一直都有人坐的。"希斯说道。大家听罢立刻从自己的座位上直起身子，用一种他们自己也说不清楚的方式竭力附和着希斯的声明。这会儿他们有一种捍卫乌娜权益的冲动。他们略带憎恶地看着那个新来的女孩，仿佛她是在自取其辱。

教室里再也没有其他空位了，于是那个女孩只好站在教室的前边。正在这时，老师走了进来，课堂里的气氛变得越来越紧张。

老师给大家做完简短的介绍后对女孩说："现在我们来给你找个位子坐下。"他稍微环顾教室一圈，做出一个显而易见的决定："那边有个空位，你可以坐过去。"

女孩子困惑地望着希斯。

希斯呼地站起身来，结结巴巴地说："这个位子已经有人，有人坐了。"

老师平静地看着希斯说："希斯，这个位子应该被利用起来，我想这是最好的解决方式。"

"不可以！"

老师有点进退两难，他环顾四周，从大家的表情看起来，所有人都站在希斯一边。

"走廊里还有一些没人用的空桌子。"希斯没有让步的意思。

"是的，我知道外面有空桌子。"

然后他转向新来的学生："这个位子原来是属于班上一个女孩的，去年秋天她失踪了，我想你在报纸上也读到过这个消息吧？"

"嗯，看过很多关于她的报道。"

"她的座位要是没了，她就再也不会回来了！"希斯喊道，在那一瞬间，她那种疯狂的执拗并未让人觉得有什么可笑。相反，所有人的心里不由得打了一个寒战。

"你的话说得有点重了，希斯。我们谁都不应该这样说。"老师说道。

"能不能就让这个座位一直空着？"

"我了解你心里的感受，希斯。但是你不要让自己陷得太深。这个位子从今往后总会有人来坐的，现在这样不是挺好的嘛？这样才显得正常，而且也不会破坏掉什么感情的，你说是吗？"

"会的，它会的。"希斯说道。此刻，她的脑子里乱成一团，她想不出用什么更好的言语来表达自己的感情。她只是震惊地瞪眼看着老师，老师也不是很理解她此刻的过激反应。

新来的女孩只好一直站在教室前面，没法入座。显然，如果可以由着她自己的话，她这会儿宁可拔腿就跑，跑得远远的。教室里弥漫着一种冲着她而来的敌对气氛，而她是完全无辜的。带着一种说不清道不明的满足感，所有人选择站在了希斯的一边。

于是老师做出一个决定。

"好吧，我去搬张桌子过来。"

希斯满怀感激地看着老师。

"不值得为这件事情毁掉所有的一切。"他边说边朝着走廊走去。

马上，大家对新来女生的态度就变了。她不再是他们的敌人，他们欢迎她的加入。

不知道为什么，大家此刻又忍不住试探希斯："你是不是从今往后就会和我们一起玩了？"可是这会儿希斯又恢复成之前的样子，蜷缩在她的座位上。

希斯摇了摇头。

她没法告诉他们关于她许下的那个诺言，还有她得到的礼物。此刻，她只是把头转向老师，看着老师一个人将课桌拖进教室。

12. 一个关于桥的梦

我们站在雪地里，瑞雪纷飞
莹白的雪花散落在你的衣袖
亦遮掩了我的双臂
雪片将你我连接
连成一座白雪覆盖的新桥

风雪之桥，在瑟缩中凝固
你我深处，尚有生命踊跃
白雪覆盖之下，是你温暖的臂膀
成为我甜蜜的负担

雪，下个不停
落在寂静的桥面——
一座无人知晓的桥

13. 雪地上的黑色生灵

起初只是树梢上有一丝动静。傍晚时分，有一股微弱的气流在针叶林的绿色树梢间隐约流动。待到夜幕降临时，它已经变成了一阵强大的气流。夜之潮。

今天还在下雪，到处都披上了一层亮晶晶的新雪。天色阴郁而低沉，厚厚的云在低空中平滑地流动。

天气在悄悄地发生着变化。行走在户外的人们感觉到它微妙的变化，于是人们走路的节奏也不由得随之加快，似乎想赶紧回家。多么柔和的空气呀，他们在心里对自己说。但是现在还不能说出来。一切即将开始。

那股涌动的气流变得越来越强大，在森林中间四处流动。松针吐出它细小的舌头，怯怯地唱出一支陌生的小夜曲。每一枚松针发出的声音是如此孱弱，几乎令人难以捕捉。可是一旦它们合在一起，就会变得如此这般深沉有力，只要它们愿意，这声音足以撼动整片山峦。空气是这样的温和，雪地变得润泽起来，不再掀起一阵阵的雪花。

空气是多么柔和呀。夜间，行走在户外的人们自语道。他们离开森林，来到一片开阔之地——在那里，他们遇到了一股和煦的暖流。人们满心感激，仿佛在迎接一位友好使者的到来。这个寒冷的冬季可真够漫长的——虽然知道接下来还会有严寒，但是他们允许自己暂时沉湎其中。冬夜里，一阵温和湿润的风飘过，足以令人容光焕发。

一切尚未释放。但是显然有什么事情即将发生。所有发动这一切的机关系于云端。人们走进屋内，安然入睡。谁也不知道明天将会怎样。只是今夜，有那么短暂的时刻，令人容光焕发，有所改变。

早晨，天刚蒙蒙亮，空气中仍然充满了温和湿润的气息。森林里，树梢摇曳，伴随着树叶发出沙沙的声响。天光渐明。这会儿，在潮湿润泽的雪地里，似乎出现了许多黑色的小生灵，它们每时每刻都在发生着变化；它们从脚下的每一寸雪地，逐渐蔓延至四面八方广袤的山野。它们似乎是蠕动的活物。有时候，它们又是一片云，一片随风幻化的雪花，经历黑夜孕育而降生的精灵；它们可以在瞬间升腾至空中化为乌有，而在紧随其后的一场落雪中，又成为疾风中的一抹白雪。

14. 三月景致

三月终于来临了，它一扫冬日的阴霾，带来湛蓝晴朗的天空。

天亮得更早了。这是一个亮晶晶的结霜的清晨。原野上肆虐的风雪终于止住了，可以出门滑雪了。现在是三月末，已经进入滑雪季，可以到冰宫那边滑雪了。

周六放学前，班里商量决定这个周日早上大家一起到冰宫去滑雪，这是一次特别的旅行，因为希斯也要和他们一起去。

在此之前，他们打算彻底说服希斯和他们一起去，于是派出三个同学前去与她交涉。

"希斯，和我们一起去吧，就这一次。"

这三人原来都是她最要好的朋友。

"不了，我不去。"她说。

可是她们并不打算就此罢休。这三人是大家公认的最合适的说客。

"和我们去吧，希斯。你总不能一直就这样不理我们吧？我们又没有做什么对不起你的事儿？"

希斯的内心深处掀起波澜，她只想自己一个人去冰宫，再说……

三人当中那个性格最强的女生上前一步，柔声说道："希斯，我们想要你和我们一起去。"

"希斯——"她继续劝道，声音更加温柔了，充满诱惑，令人难以抗拒。另外两个女孩一动不动地站在她身边，以期增强同伴的语气效应。

她们太厉害了。希斯将心底那个承诺轻轻地推到一旁。然后，她用威胁的语气回答刚才那个充满诱惑的请求："好吧，我答应去。不过，要去我就只去冰宫。"

三人的脸上发出兴奋的光芒，"这才像你说的话。"

等到希斯一个人的时候，她的心里立刻又被负疚感所充斥。爸爸妈妈听到她的出游计划，欣喜万分，曾经的伤痛终于要从源头释放出来了。

清晨，大家集合之后在喧闹声中出发了。这是一个结霜的晴朗早晨，硬实的冰面上覆盖着疏松的积雪，现在是滑雪最好的季节。每个人都兴致勃勃的。今天他们将穿越大瀑布，而且还有希斯与他们结伴而行。希斯感觉到大家在向她示好，带着这种感觉，她轻快地滑过疏松的新雪，滑雪板在脚下发出嘎吱嘎吱的声音，那是冰层被碾碎的声音。

一切都没有变化，但似乎又不再是从前的样子。

大家沿着一条雪道朝着瀑布下方的河流滑去。河流中间有许多静静的水潭，潭面结着厚实的冰，从那里可以轻易跨越到河对岸。万籁俱寂，只听见瀑布的咆哮声。他们朝着那个方向滑去。

这个冬天，大多数人都来过冰宫一两次。所以不觉得有什么大惊小怪的——它看上去还是那么高大，充满力量感与神秘感。覆盖在上面的积雪已经消失。三月清晨的第一缕阳光照耀在冰宫上，光线穿过神奇的冰层，折射出迷离的光芒。

大家小心翼翼地在心里提醒自己，千万不要提起那些危险的话题。希斯心里很明白，此刻她觉得很安全，与此同时又觉得有一点点的难堪。故地重游，她的心底悄然泛起一阵涟漪。几个月前的那个夜晚，是救援队将她与这个地方牢牢地联系在一起。这会儿她只想离开大家，一个人待着。

大家抬头欣赏眼前壮美的冰宫，侧耳倾听瀑布的喧腾声，再过一段时间，瀑布的水量还会更加可观。接下来，他们准备继续前行。

希斯站在原地不动。令他们担心的事情终于还是发生了。现在看起来，也许从始至终他们就没有说服过她。大家站在原地，等她说话。

"嗯，"她说，"我不想再往前走了，我到这里就够了。"

"为什么？"有人问。这时，昨天那个劝过希斯的女孩马上说："让希斯自己决定吧。如果她不想再往前走，也不关我们的事儿。"

"是的。我待会儿就从这里往回走了。"说这话的时候，希斯带着她那一贯的不容置疑的口气，尤其是当她需要阻止别人发出反对意见的时候。

"那我们也从这里回去好了。"大家宽容地附和着。

希斯有点为难。"哦，千万别这样。你们还是照原计划往前去吧，我只想自己在这儿待一小会儿。"

所有人的脸顿时耷拉下来。难道我们就不能和你待在一起吗？他们的脸上明明白白地挂着这样的疑问。希斯说这些话的时候，那种表情让他们想起她整个冬天的样子，气氛顿时变得沉默而压抑。

希斯从大家的表情中看出来，这一天算是被她毁掉了。但是她也无能为力，一切为时已晚，那个曾经的许诺如同一堵墙一样正从她的心底缓缓升起。

"就是说，你今天不打算再和我们在一起了？"

"不了。说出来你们也不会懂的。我曾经许下过一个诺言。"她说道。这话让大家吃了一惊。

他们隐约觉得这个诺言应该与乌娜有关。既然现在乌娜生死未卜，希斯的这个承诺就显得格外要紧。于是，大家不再讨论这个话题。

"你们放心吧，我就顺着咱们来时的痕迹回去，我找得到回家的路。"

听着希斯那轻描淡写的语气，大家又重新鼓起勇气，试图想再与她争取一番。

"我们当然知道你能找到回家的路。但是不是那个意思。"

"整个冬天你都一个人站在墙边。"其中一个孩子斗胆蹦出这句话。

"我们还以为一切都可以回到从前的样子呢。"

"我会比你们先到家的。"希斯答道，无心与他们争辩。

"知道了。只是我们以为一切都可以回到从前的样子。"

"你们快走吧。别再这么说了。"她近乎祈求地对他们说道。

他们朝她点点头。然后，大家一个接着一个地沿着山坡往下滑去。他们在一个小山包上停了下来，站在一起，好像在开一个碰头会。然后，一群人紧紧挨着，朝着远处的山野迤逦而去。

希斯闷闷不乐地扭头朝瀑布和冰墙滑去，瀑布发出的喧嚣声仿佛正在呼唤着她。

她又想起了那天晚上的情景。当时他们就站在这里，一切显得是那样怪异，好像有什么未曾预料的事情即将发生，而他们对此深信不疑。智穷力竭之下，人们想不出还有什么其他地方值得搜索。

她在脑子里重复说着一句话：我实在是不知道该怎么办才好了。人们经常对自己说一些自己也听不懂的话。

她闷闷不乐地离开同伴，径直朝着喧腾的瀑布和冰宫滑过去。

无论从哪个角度，冰宫看上去还是那么巍峨高耸。那光洁如同抛光的冰面上，没有落下一片雪花。它矗立在三月的柔风中，向四周散发出一股又一股凛冽的寒气。深邃黑亮的河流，从冰宫脚下流淌出来，裹挟着沿岸的枯枝败叶，越来越快地朝着山下奔涌而去。

希斯在原地伫立良久，她真希望那天晚上自己能像那些搜救队员一样，在他们准备离开之际，当那支心底的哀歌即将脱口而出之时，像他们那样站在忽明忽暗的灯光下，期待着那个失踪的小姑娘走到他们跟前，告诉他们说没啥好找的，她就在这里。希斯不相信会有这样的事情。

一只大鸟忽地从眼前划过，吓了她一跳。等她回过神来，鸟儿早已经飞离视线之外。

这里什么也没有，什么也找不到。一切都是原样。可是，看在那些大人们的分儿上……

她决定停下来。于是，她松开滑雪板，沿着冰墙走在硬实的冰面上。整个冰宫看上去神奇无比，这些由喷薄的水珠和雾气凝成的冰墙，此刻显得格外地坚固结实。希斯打算从下面往上爬，一直爬到冰宫的顶部，然后在那上面待一会儿。

她上到顶部。放眼看去，满目所见都是令人眩惑的奇形怪状的冰块。大风刮走了所有的雪花，冰面光溜溜的。她小心翼翼地顺着倾斜的冰面一路滑溜到下方的冰沟里。一边往下滑，一边担心冰层不够坚厚，不足以支撑她的体重。同时，她心里又不断地被一个假设噬咬着：也许当时的情景也是这样的吧，才导致了后来事故的发生。

刚才她羞愧地离开了她的朋友们，这会儿她又为自己觉得非常羞愧。跟着他们出来，总让她觉得似乎背弃了什么，因为他们的花言巧语和一场郊外滑雪的诱惑，就轻易忘记了自己许下的诺言。不，这还不仅仅只是一场外出滑雪这么简单的事儿，和他们在一起就意味着更多。她觉得拒绝大家的邀请变得越来越困难了，这几乎令她感觉崩溃。

待在迷宫般的穹顶上，希斯思绪纷杂。她让自己顺着冰沟往下滑，滑进一个冰缝中，最后她来到一块突出的平台边缘，面朝太阳和瀑布的方向。在这里，她变得有些伤感。她继续顺着一块透明结实的冰块往下爬，太阳光照射在冰面上，折射出千奇百怪的图案。

突然，她发出了一声惊叫。她看见乌娜就在眼前！近在咫尺，正透过那堵透明的冰墙注视着她。

有那么一瞬间，她以为自己看见了乌娜，就在那块厚厚的冰墙里。

三月的阳光格外强烈，直射她的双眼。沐浴在强光中，希斯只觉得眼冒金星。耀眼的光柱和亮晶晶的光点在冰面

123

上形成各色冰花和图案，仿佛为了装饰一场节日的盛宴。

希斯瘫坐在原地，从头到脚一动不动，惊恐令她无法发出第二声惊叫。她确信自己见到的只是一个幻象。经常听人们说起幻觉这种事情，没想到今天自己也遇上了。她看到的幻象是乌娜。有那么一刻她居然看见她了。

不过，这个幻象一时间还没有消失。它一动不动地停留在冰块里，这实在是太震撼了，以至于希斯无法正视它。它的突然出现，仿佛给了她重重的一击。

透过那堵淌水的冰墙，乌娜看上去巨大无比，显得比真人放大了许多倍。她的面庞清晰可见，身体的其余部分显得模糊不清。

阳光穿过无数暗藏的冰缝和冰凌，折射出犀利耀眼的光芒，切割着眼前的画面。乌娜被笼罩在一圈炫目的光影中，令人难以捕捉。希斯不忍直视眼前的画面。少顷，她的四肢恢复了知觉，她立即一刻不停地朝着相反方向的冰沟爬过去，一心只想把自己藏起来。刚才她盯着那个幻象看了太长时间，此刻她只觉得浑身发抖。

待她回过神来，才发现自己已经离刚才那个地方很远了。她思忖着：这会儿它应该消失了吧，幻觉通常很快就会消失的。

那么，这就意味着：乌娜已经死了。

是的，乌娜的确已经死了。

面对现实，她彻底崩溃了。长久以来，她从来不去想是否有幻觉这回事儿，也从不刻意对自己提起它，虽然在心底深处，它一直被看成是一种恐怖而存在——周围的人们时常公开谈论起这种事情——现在，她无处可逃。她不得不相信，确有其事。

正当她躺在冰面上想得入神的时候，只听见脑后"嗖"的一声，一股气流从眼前掠过，她看见空中有一道光。一切都发生在瞬间。离她很近。

她不禁打了一个寒战，冰面很冷，于是她开始沿着滑溜溜的冰块之间的皱褶爬行。重新返回的道路变得异常艰难，她的脚下到处是眩惑迷离亮晶晶的光点和线条，那是阳光和冰层裂缝在玩着它们的游戏，险象环生。她时不时地滑溜到一处自己并未想去的地方。但是她接着往上爬。当她终于攀上冰宫顶部的时候，一切看上去是那么令人沮丧和艰难。她站在那里，凭空瞭望，怀疑自己刚才是否真的看到了什么。

她当然是看到了的。

她站在那里，若有所思：春日的某一天，这座冰山终将沦为碎块。起初，它会开裂，然后有大量洪水涌入。洪水会击碎它、冲垮它，浩浩荡荡地将它冲入下游河道，巨大的冰块撞击着岩石，变成细小的碎块，河水将携带着所有这一切汇入下游的湖中。一切将不复存在。

希斯想象着有一天自己站在这里，目睹这一切的发生。有那么一瞬间，她站在冰宫顶上，甚至还想到了——不过，她迅速掐灭了这个念头。

不。我不能。

希斯在山下找到自己的滑雪板。她没有着急地穿上去。她来到一处洒满阳光的山坡，坐在被阳光晒得暖暖的滑雪板上。她的知觉尚未完全恢复。刚才见到的乌娜的幻象，还有她那张冰花簇拥下的脸庞，令她困惑万分。

125

有一点可以肯定的是：她不会告诉任何人这件事，不会告诉这个世界上的任何一个人！

为什么会见到她？是因为她没有经常想起乌娜吗？

千万不能告诉爸爸妈妈，也不能告诉老姨，不可以和任何人说。

她怀疑自己是否真的看见了什么，还是在阳光下打了一个盹儿，做了一个梦？此刻，坐在暖阳下，环顾四周，很容易相信刚才所见不过是出于自己的杜撰。

可是，事情一定没有这么简单。她开始浑身颤抖，做梦之后通常不会是这样的。

她哆嗦着双手为自己系上滑雪板。回望冰宫，她在心里对自己说：我希望这是我最后一次见到它，我再也不敢到这里来了。

然后，她一蹬脚，向远处滑去。

希斯一路小跑地进了家门，筋疲力尽，大汗淋漓。看见她垂头丧气的样子，爸爸妈妈大惑不解，似乎这趟出行不应该是这样的结果。

"这么快就回来啦？你没有不舒服吧？"

"我没事。"

"其他人好像还得过一阵子才能回家呢，我们刚才和他们的家人通过电话了。"

"我走到瀑布那里就往回走了。"

"那又是为什么呀？"

"没事。"面对他们紧张的盘问，她说道。"我觉得我走不了那么远，所以我跟着他们走到河边就返回了。"

"你走不了那么远？"

"现在没事了，当时有一阵子我觉得我没法走得太远。"

然而，这样的解释实在是令人难以信服。通常她也不是最先放弃的那个人。

"我们对你这种做法很生气。"爸爸说道。

"是呀。听说你今天要出去，我们挺开心的，以为这事儿终于可以过去了。"妈妈说道。"我们以为从今往后，一切都会变成原来的样子。"

让这事儿过去。他们说。

这话正好戳到她的痛处：让它过去。谈何容易？尤其是当那个幻影一直浮现在你眼前的时候。她不知道自己为什么要撒谎，隐瞒真相，几乎没有什么缘由。不能把他们也搅进来，无论如何她会守口如瓶。为了讨他们高兴，她愿意做任何事情，但是在这件事上她没法撒谎——可是，除此之外，她又还能再做什么呢？她沉默地看着妈妈。

"去泡个澡，把汗渍洗掉。"妈妈说道。"然后我们再谈。"

"然后再谈什么？"

"快去吧。水已经热了。"

这是妈妈一贯的招数，每当她在外面遇到什么不顺心的事情，妈妈总是说：进去，泡个澡。

她躺进温暖的水中，眼前看到的却还是那张脸，浮现在熠熠闪光的冰晶之间。永不消逝的那张脸。旅途之后的疲乏与放松只能远远地被困在某个角落，无法靠近她。统统让位于冰墙里那张四倍于常人的脸。

有些重担必须独自承担。她将这些埋藏在意识的最深处，缄默不语。

"希斯。"它叹息道。

噢不！不是的。它什么也没说。

那张脸从升腾的水汽后面浮现出来。

"希斯?"它又说话了。希斯惊恐万状地躺在浴缸里，等待着。它似乎一直就在浴缸里，等着她回来，现在它终于抓住她了。那里有数不清的冰墙和许多双眼睛。

"妈妈!"她惊叫起来。

转眼间，妈妈就跑到她的身旁，好像她一直就在等着这一刻。希斯看上去软弱无力，但是她还是牢牢记得对所发生的事情守口如瓶。

15. 试探

当初许下的那个诺言现在怎样了？

我这是怎么啦？清风拂面而来，充满深情地拨弄着我的一绺头发。一阵不曾防备的柔风。

乌娜再也不会像当初许诺的那样回来看我了，既然乌娜已经死了，这个承诺又会怎样？

第二天在学校里，希斯还是独自一人站在墙角，放学她独自回家。她不得不把自己封闭起来。冰宫所见的幻觉是如此强大，以至于她不得不小心地防着自己，以免失口。一旦不小心在人前脱口而出，惊恐就会将她牢牢抓住。

她将自己关在卧室里，看书，或者在户外无人的地方游荡。她害怕看到爸爸妈妈关注的眼神，那只会令她的大坝决堤，使情况变得一发不可收拾。她很清楚，他们在期待着什么，但是她不能接近他们。有时他们会装作若无其事地说："我们现在见到你的时候越来越少了。"

"是的。"她回答道。

他们不再多说什么。但是他们已经快将她逼得走投无路了。她忐忑不安。

为什么我会看见乌娜？

就为了让我不要忘记她？

当然是这样的。

在她看来，乌娜似乎已经被人遗忘了。不再有人谈论起她，再也没有听人提起这个名字。无论是在家里，还是在学校。就好像乌娜从来就没有存在过似的。想到这里，希斯不禁愤愤然起来。只有我一个人还想着她，当然还有老姨，我相信她还记得乌娜。至少她还没有把房子卖掉，远走他乡。

还有谁和我一样一直在想着乌娜？

这个问题显然非常迫切，她需要去试探一下大家的反应。有一天早上，大家都到齐了。趁着老师还没来，她要亲自试验一下大家的反应。她不希望让老师掺和其中。

她站起来，鼓足勇气，用全班人都能听得见的声音，如同发表一个重要宣言似的说："乌娜。"

就这么光秃秃的一个名字，其他的她也不会多说。他们会明白的。

一开始，什么反应也没有，也许这就是她想看到的结果。接下来，所有人把头扭向她，聊天的声音止住了。教室里鸦雀无声。

大家也许还在等着更多令人吃惊的事情发生，可是等了一会儿不见任何动静，于是他们相互交换几下眼神，还是没有人说话。希斯觉得大家想必是被她的声音镇住了，她小心地环顾四周。

她以为她会看到充满敌意和排斥的一堵墙，但是没有，从他们眼睛里读到的只是满满的困惑。

她也迷惑了，这是她不曾料到的。

最后有人站出来说话了。不过，这个人不是她最要好的几个女朋友，而是那个曾在雪地里用靴子轻轻推过她一把的男生。她注意到最近有好几次他都出现在她的视线中。

他直截了当地对她说："我们都没有忘记她。"

仿佛有什么东西被切断了。

另一个女孩随声附和道："是的，我们当然都没有忘记乌娜。除非是你这么想。"

希斯满脸通红，内心羞愧不已。她意识到是她的独处导致判断失误。她结结巴巴地说道："不，我不是这个意思，我只是——"

她垂下头，为自己当初打算对他们说的那些话而困惑不解，真要是把那些话说出口，那得多让他们伤心呀。

第三章　林间风笛手

❧　1. 老姨　❧

　　看样子我还不是唯一惦记着乌娜的人，只不过其他人不说罢了。可是他们为什么不说出来呢，这可真不像他们的风格。

　　偶尔，希斯在心里会冒出这样的念头："老姨的小木屋被卖掉了，老姨就要走了。"

　　放学回家的路上，她会特意绕道经过那里。她看见屋里有人在走动，门口摆放着老姨的东西。

　　只要房子还在，老姨就会一直持守她的信心。

　　有一天，她再次经过那栋房子。这回她离得太近了点，被老姨看见了。于是，老姨走到屋外和她打招呼：

　　"希斯，到这儿来！"

　　她神情紧张地勉强朝老姨走去。"记得我答应过你，如果我想卖掉房子，一定会告诉你的。"老姨说道。

　　"是的。您打算卖掉它了？"

　　老姨点点头。

　　这么说房子终于还是被卖掉了。可老姨又是怎么知道的呢？难不成她也知道冰宫的秘密？这不可能。但愿她还能再说点什么，希斯在心里期待着。果然老姨又开口了，而且毫无避讳之意："我非常确信，已经再没有什么值得我等待的了。"

"这么说，您已经知道了？"

"我什么也不知道。但是，知不知道都是这么一回事儿。我决定把房子卖掉，我要走了。"

奇怪的是，听完老姨这些话，她突然觉得很安心。老姨没有接着问她：既然我都要走了，你是不是可以把以前不愿意告诉我的那些事儿统统说给我听呢？老姨不会这样的。"您明天就要走吗？"

"为什么这么说？为什么是明天？"老姨反问道。"你是听谁说了吗？"

"没有。但是我每天都在心里对自己说，老姨明天就要走了。"

"好吧，这次算你猜对了。我明天就走。所以刚才叫住你。今天要不是正好看见你路过，否则照我的想法，晚上我也要专程去你家里找你来着。"

希斯一声不吭。听到老姨离开的消息，在忧伤难过的同时还有另一种奇怪的感觉。老姨静静地待了一会儿，然后像是突然想起什么似的。

"另外，我叫你也是因为今天晚上我想和你一起散步。这是我在这儿的最后一个晚上，你愿不愿意和我一起走走呢？"

一阵刺痛夹杂着喜悦漫过全身。

"好呀！您想到哪儿走走？"

"不用特意去哪里，我就想在附近走走。"

"那我要先回趟家，我刚才是从学校直接过来的。"

"噢，没问题的。我要等到天黑才出去散步的。星星也不会这么早出来。"

"那我这就回家。"

"你要告诉他们说你今天晚上会晚些回家，"老姨提醒道，"不过也没什么好紧张的。"

希斯郑重其事地走在回家的路上。老姨要和她一起散步，而这绝不是一次普通的散步。

"今天晚上我们可能会晚一点。"出门之前，希斯对爸爸妈妈说道。"老姨让我告诉你们的。"

"好的，没问题。"他俩同时轻松地回应。

希斯心里很清楚为什么爸爸妈妈会表现得这么轻松愉快。一段时间以来，只要她能找到任何可做的事情，哪怕是像散步这种简单的事儿，他们都会欣然接受。是她将他们变成这样的。

走在通往老姨家的路上，希斯一直若有所思。

老姨还在忙着，还没准备好出门。

"不着急，"她说，"这会儿天还没全黑下来呢。咱俩散步不需要别人来打扰，与别人无关。"

希斯心里既兴奋，同时还混杂着一丝离别的忧愁，老姨在忙着打点行李，希斯尽其所能地在一旁帮忙。其实大多数行李都已经整理停当。客厅里空空如也，显得毫无生气，看上去比之前宽敞了许多。

卧室的门虚掩着。这样比较好。

"我猜你是不是想进去看看？"

"不用了。"

"那也好。其实看与不看都没有多大的意义了，里面什么都没有了。"

"嗯，对不起，我还是想进去看看。"

她推门进去。里面空无一物，看到这样的场景令人不禁觉得怪异而不安。

天色终于暗了下来，她们可以出去散步了。

春天显然已经近了。一走出屋外就能感觉到它的无处不在：空气当中有一种柔和的气息，雪地里有着掩藏不住的春讯，虽然此刻大地依旧被白雪覆盖。天空的云层很低，夜色温柔，黑暗。在这样的夜晚，人们可以尽情地放慢脚步，享受夜色。一如所料，她们就这样在黑暗中慢慢地走了好长一段路，默然无语。

周围景色模糊不清，远处隐约可见人家的屋舍，有灯光从屋里透出来。希斯一声不吭，老姨正在做着临别前的散步。明天她就要走了。

也许她还想简单地说些什么。

冬末初春的夜晚，周围的景致变得朦胧不清，变幻莫测的风景从眼前缓缓流过。雪地发出的微光，方便了夜行的人们。透过模糊的视线，远处的大树和它摇曳闪亮的树梢，看上去仿佛是一个个伸出双臂的巨人，正在向路人发出警告。路旁那些沉默的黑色岩石，如同一只紧握的拳头，朝着行人迎面而来，似乎就要砸在人的脑门儿上。

这是老姨的告别之行。离开之前，她没有去邻居家串门。住在这里这么多年，她与邻居交往甚少。在大家的眼里，她是个和善的人，凡事自己解决，尽量少麻烦别人。但是当不幸降临，当她失去朝夕相伴的孩子，邻居们自愿前来帮忙。希斯注视着老姨，现在她正以自己独特的方式与这里道别。

她们默默地走了很长一段路。显然，这不仅仅只是告别。希斯耐心地等待着——然后，这一刻终于来了。老姨在路边停了下来，用一种近乎尴尬的语气对她说："希斯，我叫你来其实还不只是要你陪我散步。"

"我知道。"她低声答道。

"这件事情最终会怎么样呢？我真希望一切就此结束。哦不，我不是那个意思，我想说的是——"

老姨继续往前走，踩在悄无声息的雪地上，空气突然变得生硬起来。她接着开口，语气也如同空气一样变得生疏起来。

"我虽然一直独居，但是邻居们来来往往，也经常给我带来不少消息。"老姨继续说道。"我知道整个冬天你过得挺不容易的。"

她停下来，似乎在给希斯一些准备的时间。

"我不能让她这么说。"希斯心想，打算随时准备反击。"我听说你把自己完全封闭起来，既不和同学说话，甚至在某种程度上也不与父母沟通。"

希斯飞快地答道："我曾经许下过一个诺言。"

"是啦，我估摸着就是这么回事——我想我应该感激你才对，可以说你把我们当成自己的亲人来对待。我也不想从你这儿再继续打听什么了，但是你不可以给自己许下这么沉重的诺言，以至于毁掉你的整个生活。再说现在这一切已经没有任何意义了。"

希斯无语，她还琢磨不透老姨到底想说什么。但是她心里并不排斥老姨刚才说的这些话。

"你生病了。"

"是他们不停地追问，直到把我逼得忍无可忍。他们一

139

遍又一遍地问，都是些我无法回答的问题。"

"是的，是的。我知道。你应该记得这些都是在事情刚发生时候的情况，当时大家需要尽最大可能找到任何线索。你是知道的，那时我也处于同样的境地之中，不想放过任何一点希望。只是我们都没有意识到这给你带来了多大的压力。"

"他们现在不问我了。"

"是的，当他们意识到不对劲儿的时候，就立刻终止了这种行为。"

"终止行为？"希斯盯着老姨模糊的身影，诧异地问道。

"是的，你说他们后来不再和你打听任何消息了。我相信，在那之后你再也没有听到任何人提起关于这场灾难的任何话题，我指的是向你提起这件事。是那个给你看病的医生建议大家这样做的。后来学校也一块加入了这个行动。"

这个消息对希斯来说真是太意外了。她嗫嚅地问道："什么？"

希斯很庆幸此刻两人都站在黑暗中，看不清楚彼此的表情。这样她们就没有必要对此展开讨论了。老姨选择在这个恰当的时机来告诉她这件事儿。

"你知道吗，大家把这件事情看得很重。当时你的状态是非常地压抑。我想这事儿还是应该由我来告诉你，既然我要走了，我想你应该知道这些情况。"

希斯一动不动地站在原地。所有这些解释都令她惊愕不已。老姨接着说道："我想现在可以告诉你了：一切都结束了，我们不需要再等待什么了。"

"结束了？结束什么？"希斯失声喊道。

"是的，我想咱们也该聊聊这个话题了。"

希斯的心狂跳起来。老姨没有理会她，顾自径直地说下去。

"你别以为大家已经把搜救这事儿忘到脑后了。他们一直都没有忘记，这点我很清楚。他们给了我太多的帮助，以至于现在当我准备离开的时候，觉得无以为报。我应该挨个儿去登门致谢，可是我做不到。我天生就是个不善应酬的人。"

"嗯……"

"所以我选择晚上来这里散步，我觉得自己可真够糟糕的。我想在这儿走走，可是又不想被人看见。"

站在四月的春夜里，老姨看上去真的显得非常苦恼，但是好像又不全是。

"咱们接着走吧，希斯。睡觉前我想再走一圈。"

她们接着往前走。道路两旁有许多人家的房子，窗户里亮着灯。希斯有点感叹：能和老姨这样一起在外面散步，真好啊。她在心里问自己，为什么和妈妈就从来没有过这样呢？她找不到答案。虽然她非常地爱妈妈，可是她却羞于向她表达自己的爱，对爸爸也是如此，哪怕她和爸爸是最要好的朋友。究竟发生了什么重要的事情，能让眼前这个瘦小可怜的老姨决定和一个人整晚上待在一起散步？

是的，她必须问问老姨。

"您刚才说一切都结束了，是什么意思呀？"

"是对你而言，一切都结束了。"

"噢不！"

"就是这样的，你心里明白。再没有什么值得我们等待的了，她已经走了，不会复活了。"

所幸此刻黑暗笼罩四处。

"您是已经知道了什么吗？"希斯小声哼哼地问道。

"不是像你说的知道些什么，但是——我已经明白一切都无济于事了。"

希斯意识到这一刻的重要性。老姨清了清嗓子，让自己硬起心肠果断说出下面的话：

"希斯，你听我说。临走前，我只想告诉你，你应该尽快回到过去的生活当中。你告诉我说，你曾经对人许下诺言，但是既然与你许诺的人已经不在这个世界上了，那么这个诺言自然也就不复存在了。你不可以将自己束缚于对她的回忆之中，将自己与世隔绝，以至于彻底失去了自我。这样一来，你只会成为自己和别人的负担，没有人会为此感激你，相反，他们可能还会怨恨上你。你已经让你的爸爸妈妈很不开心了，你在听我说话吗？"

"是的，我在听。"

"那你听好了：她不会回来了，你再也不必坚守你们之间的承诺了。"

一阵新鲜的刺痛划过胸口。

"不再坚守我的承诺？"

"是的。"

"您做得到吗？"

"是的，我想我能做到。就在此时此刻。"

老姨的话语中自带一种权威，希斯听罢不知如何是好。内心引发出一阵如同雪崩般的释然，同时又带着些许疑惑。

老姨挽住希斯的胳膊，"这么说，我们可以达成协议了吗？"

"我怎么知道这一切都是真的？"

"怎样才算是真的？"老姨反问道，她的眼睛里有一抹伤痛。

"是的，无论您是否在这件事上替我做主，最终还是我——"

"真的有这么难吗，希斯？刚才我说的话，其实你心里也是认同的。你要放下，就在当下，从眼前的这个春天开始。"

"是的，我已经放下了，只不过……"

"这就好，至少在我离开的时候你可以让我高兴一点。"

"您太有意思了。"希斯心怀感激地对老姨说。

这是她一直不敢涉及的禁地，放弃承诺？这还是她吗？放弃之后她会变得开心还是更加忧伤？千言万语，她只能说一句：您太有意思了。

"咱们得赶紧往前走了。"老姨说道。"也不能太晚回家。"

"没关系的，您想走多远我就陪您走多远。"

道路两旁，随处可见形象鬼魅的树林、房子和巨石，森森然立在一旁，朝她们迎面扑来。偶尔冒出一大块黑乎乎的影子，当它猛然跃入眼帘之际，路人的心脏也会跟着怦怦直跳——那是什么！——真是令人恐惧的瞬间。然而最终发现那些不过都是她的想象而已，于是她的心脏重新开始跳动，血流顺畅。其实就是我们两人在走路罢了，那片黑影一动不动。

老姨接着说："我再说一遍，你必须学会自我释放，不能继续再这样了，你的天性本不是这样的。"

不用回答。老姨也不指望她的回答。这些话犹如深井中闪烁的星辰，令人无解。

散步完毕，夜色已深沉。老姨完成了她的绕圈。她们先送希斯回家。门廊下留着一盏灯，有人在等着她。四周

143

静悄悄的。

"好了，你到家了。我要和你说——"老姨刚开口，希斯抢先飞快地说："不，我送您回家。"

"哦不，千万别麻烦。"

"我不怕黑的。"

"我知道你不怕走夜路，可是——"

"可以吗？"

"那好吧。"

于是她们又出发了。沉睡的房子，还有门廊下的灯，渐行渐远。道路荒凉而安静。她们都有点儿累了。

"天不冷。"

"嗯，一点儿也不冷。"

"到了新地方，您打算做什么呢？"希斯大胆地问。

其实她并不知道新地方在哪里，老姨也没说。老姨一直都是非常独立的，她习惯了自己照顾自己。

"哦，我得让自己忙起来，我会给自己找事情做的。"她说。"你瞧，我把房子也卖掉了。你一点也不用为我担心，希斯。"

"嗯。"

"我是个没用的人。"老姨简短地补充一句。等她们快走到老姨家门口的时候，老姨接着说道："我真没用呀。在这场灾难当中，所有的人都竭尽所能地帮助我，离开前我理应做得更加得体一些，可现在我却要这样悄无声息地走掉了。"

"你是怎么想的，希斯？"她问道。希斯没有作答。

"我不知道该说什么才好。"

"我在想，既然今晚你愿意出来与我见面，大家日后也

144

会知道我曾经在这里绕着走了好几圈，我希望以这种方式向他们表示感谢。我希望将来有一天你会告诉他们。如果你肯帮忙，我将不胜感激。我知道，只有像我这样没出息的人，才会想出这样的主意。"

终于到了该说再见的时候了。

她们犹如两枚不发光的物体飘浮在空中，与黑夜合二为一。她们脚步轻柔，悄无声息，却能听见彼此的呼吸，也许还有心跳的声音。她们与静夜的躁动合为一体，如同长线末端发出的轻微颤动。

你害怕黑暗吗？不怕。看哪，林间风笛手已经出现，它正阔步走在道路的两旁。

2. 水滴与树枝

谁得到释放了？

没人。只不过……

一切还是原样，也并未大踏步回到从前：我还是我，也没有谁得到释放。唯一不同的是风笛手已悄然而至。

就像白天的水滴和树枝。那些光秃秃、湿漉漉的树枝，嵌顿在润泽的雪地里，有清亮的水滴从雪层下渗出。积雪在一点点地消融——雪地里出现了一道黑色的条纹。这黑色的生灵匍匐在白雪覆盖的山谷峰峦之间，随着积雪的消融而起伏不定。这是一个多么奇特的场景：这些黑色的生灵，在柔和的春夜里，伴随着偶尔一阵的春寒料峭，结成不息的联盟，起伏踊跃。此刻，一切正在消融，化成褐色的流水，或是一汪静水。

"嗨，希斯!"

远处有人在呼叫她，仿佛来自另一个世界。

你感觉自己好像就是那些滴答的水珠和雪地里的树枝，你不知所措，因为你根本就没有死去。

承诺虽已卸下，你却并不因此而觉得自由。仍然有看不见的重担压在心头，你知之甚少。

事情的进展如星星之火，迅速燎原。

妈妈容光焕发地向她走来："希斯，放学之后你能帮我去办件事吗？”

"当然可以。"

为什么现在感觉有点不一样了？他们看到什么了？也许是我自己多疑罢了。

她独自走在路上，周围的一切依旧荒凉。微风，细雨，还有摇曳的树枝。今天学校里是什么情况？不知道。我几乎没有关注周围的任何情况，自然也不会贸然跑去加入他们。那个诺言已经将我牢牢地拴住了。我知道自己的立场。没了它，我都不知道自己会怎样。但是，在若隐若现的春光里，至少我还能嗅到空气中弥漫着一股奇怪的气息。

风雨中，有人从北面的山坡走下来，走到这条大道上。他是邻居家的小伙子。她认识他。他满头大汗，穿着雨衣，身上裹得严严实实的。有一种感觉正从她心底深处舒缓流出，有什么东西正跃跃欲试地与心中那个由来已久的死结在较劲。

"希斯，是你吗？"他跟她打招呼。她觉得他脸上的表情突然变得明快起来。"真高兴终于走回到大路上。刚才我一路都在爬坡，山上的积雪足以没过我的膝盖。简直就像是在湿乎乎的沙地里跋涉。"

希斯冲他一笑。

"你到很远的地方去了？"

"是啊！地上的雪都化了。我去河边了。"他说。

"你去河边了？"

"嗯。那边的冰正在解冻。"

这样看起来，她可以非常肯定地告诉自己：一直有人在继续进行着这项搜救工作。她立刻从头到脚地爱上了他。"大冰块还立在那儿吗？"她问道。

"还在。"小伙子简短地答道。他似乎想起什么，又像是被什么东西卡住了。他顿了一下，不愿意再提起这个话题。可是希斯不想停下来。

"看上去和原来一样吗？"

"是的，一样。"

"它在那儿不会再待多久了，对吗？"

"哦，不会了，河水已经涨得很高了，依我看还得再往上涨。"

想到他为此进行的所有艰难跋涉，她不由得对他心怀感激，而且她一定是将这种表情流露出来了。她的心里涌起一阵好奇的刺痒。

"在很远的地方都能听见河水的咆哮声。"他无缘无故地开始解释起来，一改刚才短促的语气。"从远处就可以看到冰宫。"

"真的吗？"她问道。

"是的。离这儿不远的一个山顶上就可以看到。你想去看看吗？"

"不了，我不想去。"

俩人停了一会儿。心里都明白他们是在说那个失踪的女孩。

"你听我说，希斯。"他有点突兀地开口，带着友好的语气。

他想干吗？她想。

"我一直在想，如果碰巧在路上遇见你，我要和你说说这件事儿。"他刚开口，却又迟疑起来，他在考虑是否应该继续往下说，一副犹豫不决的样子。

"再没有什么可做的了，我们已经尽力了。"

他最终还是说了出来。用一种直白的语气。希斯没有接话。

"你现在也得这样想。"

是的，就是这么简单，直截了当。免去一切紧张和处心积虑。奇怪的是，听完他的话，这次的感觉不一样了。她没有对抗和挑衅。相反，她觉得自己还挺愿意听到这样的话。

"我不知道你是怎么知道的？"她近乎耳语般地问道。

"请原谅。"他说。

"我想说，你有一对酒窝儿。"他补充道。

此刻她正微微仰着脸，蒙蒙细雨打湿了她的双颊，雨水顺着脸庞流到两只小酒窝儿处，在那里婉转停留。她很快地将眼睛望向别处，千万不要让他看见她脸上蓦然飞起的红霞。她的心在欢喜中跳跃。

"回见。"他说。"我得回家换衣服去了。"

"再见。"希斯说。

他朝着相反的方向走去。希斯很高兴不必与他同行。和希斯的圈子不同，他有自己的朋友圈，他是个大小伙子，几乎快成年了。

仅仅因为他提到了她的酒窝儿，真的就会有这么大的不同吗？

是这样的，她在心里承认。

现在她知道了，原来有人一直在河边不停地搜索，他独自行走在河边，直至精疲力竭，无功而返。哪怕老姨已经离开，明知这样的搜索已经没有任何意义。

这是一段特殊的日子，它与下雪、死亡以及紧闭的卧室有关——现在她终于跳到了彼岸。她的两眼充盈着喜悦，因为那个小伙子说，她有一对小酒窝儿。

道路两旁，有隐身的林间风笛手出没。此刻的你正疾步前行，希望前方的道路永远没有尽头。

然而，这条路终有尽头，很快就走到家了。尽管如此，有些事情显然还是发生了。

"在外面走走感觉挺不错的吧？"妈妈问道。

"什么呀，又是风又是雨的。"

"怎么说都还是不错的，难道不是吗？"

希斯偷偷瞟了妈妈一眼，除非是必要的问题，通常妈妈不会多做询问。

希斯亦是如此。对于这样的问题，她报之以沉默。

3. 紧闭的宫殿

冰冷的电光出现在冰宫内部，这寒光从寂寥的原野划过，直达穹苍。渐长的白日正悄悄改变着它的外观和走向。从始至终，整座冰宫由内而外迎着太阳，在阳光下折射出耀眼的光芒。一只鸟儿朝着冰宫快速飞来，到了跟前，只见它斜斜地贴着边一掠而过。并不比上次靠得更近。

冰宫别无他求，继续从它日渐残缺的宫殿中发出光芒。可惜无人目睹这场视觉的盛宴。人们通常不会走到这里。

冰宫发出闪电般耀眼的光芒。此刻，鸟儿尚未投入其中随之而去。

一场无人目睹的奇观。

无须多日，冰宫即将倒下。到那时，鸟儿又该何去何从？无人知晓。冰宫轰然倒下之时，惊弓之鸟必将一跃而起，翱翔天外。

太阳快速升高，天气越来越暖和。河流的水位也随之上涨。黑亮的河水翻卷出白色和黄色漩涡，肆无忌惮地舔舐着河岸。俄顷，越来越多的水奔涌至平台，冲向冰宫深处，伴随着阵阵粗犷的轰鸣声，翻腾起成堆的水雾。冰宫第一次感受到如同末日来临般的战栗。

阳光一日强过一日。附近山坡上已经见不到积雪，只有一堵堵的冰墙孤独地矗立在灼灼烈日之下。冰雪世界一去不返，它不再成为其中一景。离开了雪的呵护，此刻的它显得如此无助。

慢慢地，冰宫开始变色。暖阳下，原本闪亮的绿色冰块渐渐变白，之前晶莹剔透的冰屋也变得晦涩暗淡，内部空间仿佛注满了水汽。冰宫将自己藏匿在一层薄纱之下。此刻它通体发白，从外表开始一点点地消融，其内核依旧坚硬如钢。它不再向原野发出电光，只是变得比之前更白了。它静静地立在原地，向外散发出耀眼的光芒。巨大洁白的冰宫孤独地矗立在春天褐色的休耕土地上，将自己完全封闭。它拒绝倒下。

4. 融冰

　　希斯仿佛正站在一块融冰之上，被灰色的浮冰和冰块包围。夜里，湖面裂开一个黑乎乎的大口。早上，湖水在裂口处翻涌，发出深长的呼吸。鸟儿飞过来，停在裂口处，将喙探入其中饮水。紧接着，湖面出现了更多的裂缝，巨大的冰块开始松动，只是暂时无法往前挪动，大湖的出水口尚未解冻。

　　希斯想起远在瀑布那头的冰宫。自从她最后一次前往冰宫，尤其是在与老姨的一番谈话之后，情况已经有了很大的改变。她确信当时看到的只是一场幻觉。她一定是太紧张了，在那种情况下，人尽可以发挥出无限的想象力。

　　自从上次与那个小伙子有过一次令人害羞的对话之后，冰宫也发生了很大的变化。事实上，这还由此引发出她再次前往冰宫的欲望。与小伙子的对话一直在她脑海中挥之不去。从目前来看，她对他知之甚少，除非……

　　是他让冰宫变得不同寻常——这让她联想起许多男人站在冰宫前面的那个夜晚。正因为有了他们，冰宫才变得格外不一样。

　　河水在猛涨，他说过。冰宫整个变白了，很快就要塌了。

　　冰宫矗立在奔涌的河水中，颤抖着。眼看就要被冲垮了。这令她感到着迷，觉得有必要再去看看它。

与此同时，在厚厚的灰色冰面上出现了越来越多的裂缝。蓝灰色的湖平铺在赤裸荒芜的休耕原野上。一切都还没有变绿。山谷里积雪深厚，预示着一场更大的山洪即将来临，随之而来的必然是冰宫的轰然坍塌。如此想来，不禁令人倍觉伤感：有一天，伴随着一股清新的气息和一抹迷雾的降临，将会带来一阵地动山摇。

学校里，一切还是老样子。空气中有什么情绪正在酝酿，相信很快就会有突破，而且这种突破应该是由希斯主动发起才对。但是目前她还是与大家保持着一段距离。终于有一天，大家等得有点不耐烦了，于是希斯在她的课桌里发现了一张纸条："希斯，我们是不是可以回到从前的样子？"

她没有抬起头四处查看是谁放的纸条，相反，她把头埋得更深了。她暗自思忖：难道他们看出来她的心思了？

希斯处在大家的严密监视之中。但是也有人敢在众目睽睽之下向她靠近，他就是那个某天早晨在雪地里穿着靴子站在她面前的男生，他独自一人。也许是被大家推举出来的，但也许就是他自己的主意。

"希斯——"

"有什么事儿吗？"她并没有显出不高兴的样子。

"有的。情况虽然还是和以前不一样。"他说道，迎着她的目光。

她突然有一种想触摸他的冲动，或者说，是他想这么做。但是最终他们两人都没有动弹。

"是的，一切都和从前不一样了。"说这话的时候，她显得比她表现出来的更加不情愿。"你知道是为什么。"

"但是我们还是可以回到从前的。"他固执而坚定地说道。

"你这么确定？"

"不确定。但是肯定有办法回到从前的。"

她很高兴他这么说，再说……这时她的酒窝儿一闪，但是她立刻控制住自己，迅速回复常态。

"是他们派你来的？"她傻乎乎地问道，话刚出口就后悔了。其实她应该这样问他：是他们让你这么说的？

"不是的！"他抗议道。

"这件事情我自己就可以做主。"

"是的，我知道。"

但他还是生气了。他一句话不说，转身飞快地走了。

这件小事给她的心里带来不小的震动。现在她得对大家有所表示了。借着这个机会，她要克服内心的不好意思，主动上前与大家伙儿搭讪——虽然这种难为情的感觉让人觉得挺奇怪的。无论如何，当初是她主动与大家断绝关系的。既然如此，她必须自己面对这一切，老姨当初给她的忠告在心里支撑着她，给她带来安慰。

位于瀑布那头的冰宫给她提供了一个绝好的机会，她得以借此向大家表露心思。她打算主动提起那个禁忌的话题。之前那个小伙子说过，冰宫快要倒了，她想赶在洪水将它冲垮之前再去看上一眼。

周六的时候，希斯以崭新的面貌出现在学校的操场上，她冲着面露期待围成一圈的伙伴们说道："嘿！我有一个主意，明天咱们一起到冰宫那边去吧？听说它马上就要倒了。"

"你想去那儿？"有人吃惊地小声问道，随即被旁边的人捅了一下。

所有人都吃惊地站在原地，面面相觑。而且去的地方还是冰宫，这个大家避之唯恐不及的地方。希斯这是怎么了？他们的脸上写满了问号。

"我们去那干吗？"有人在问。

希斯从容平静地答道："我觉得在它倒下之前再去一次，挺有意思的。最近见过它的人都说，它随时随地都会坍塌。我相信现在它的样子看上去一定是更加奇特了。"她总结道。

伙伴群里现在已经有了一两个队长。在这种情况下，他们可以为大家伙儿做代言人。希斯吃惊地发现其中一位就是那个穿靴子的男生，当初不知道他从哪里冒出来，主动站出来向她示好。显然，他现在已经成了大家伙儿的头儿。另外一个女孩取代希斯的位置，也成了大家的中心人物。这会儿她站出来说话了。

"你这是在逗我们玩儿吗，希斯？"她问道。"这简直就是太令人吃惊了。"

"我当然不是在开玩笑。"

"你知道吗，我们可不曾料到你会说出这样的话。"那个男生表明他的立场。

"我知道。"

"我们现在还不能马上确定你是否已经重新回到我们中间。"那个女生说道。"不过既然你这么说了，那我们就……"

放学的时候，大家簇拥着希斯，让她走在中间。一群人只是默默无语地往前走，没有大声嚷嚷。她意识到自己并不反感被他们这样对待。有趣的是，如此平静的一条回家之路却也能令人心旌荡漾。

回到家里，爸爸妈妈假装不经意地问起学校的情况。

她立刻就告诉了他们。放学路上经历的愉悦使她愿意坦诚相告。晚饭后，她发现爸爸妈妈分坐在自己两侧。爸爸开腔说话了："真高兴今天看见你心情愉快地回家，我们等待这一天已经很久了。"

妈妈说："我们就知道会有这一天的，虽然挨过这个漫长的冬天并不容易。"

希斯皱起了眉头。他们不再吱声。

我们就知道你最终会挺过去的。他们也许还想接着再说些什么，那可就太尴尬了。

当然啦，整个冬天她都没让父母省心，这点她心知肚明，无须他们提醒。房间里出现了一些欢快的气息，但是和他们待在一起还是令人觉得浑身不自在。

5. 一扇打开的窗户

不仅是在言语上有了松动。周六放学的时候，暮色渐浓。希斯和大家一起走在回家的路上，她觉得整个人轻飘飘的。有些东西正在一点点地剥离消失，离她而去。

希斯躺在床上，想提前规划一下明天的日程。她翻来覆去，心里充满了紧张、欢乐和焦虑的感觉，各种情绪交织在一起，令她难以入眠。她躺在那里，瞪着双眼，沐浴在床头灯柔和的光线中。

她面朝窗子的方向躺着，窗户拉着一条薄薄的白色纱帘。忽然，她看见一扇窗户打开了，它朝着窗外漆黑的夜开启。这是怎么回事？接下来没有发生任何事情。窗帘的一角被轻轻掀起，就像肚子里微微的一抽，随即一切又恢复静止。没有一丝风。但是刚才一定是从哪里吹来了一阵风。大约是窗钩没有钩上，可是她隐约记得睡觉前她看见窗户是钩上的。她的卧室位于房子的一层。

一扇可以在夜间自行开启的窗户——面对这种情况，你自然觉得这不是在开玩笑，但也不是毫无道理的。

希斯一瞬间被恐惧慑住，差点儿失声惊呼起来，但是她很快就控制住自己。就让它们在这里静静地享受欢乐吧，它们对她也无能为力。

顺着敞开的窗户，冰冷的夜的空气倾泻而入。希斯浑身瘫软，透过薄薄的窗帘，她盯着窗外的黑暗，难道有什么东西要从那里进来吗？不会的。不是自己想象的那样，没人会从这样的地方进来。窗户不过就是自己打开罢了。

她给自己壮胆，对自己说，你很清楚这就是胡思乱想。窗户当然不会自己打开，一切都是我的想象。刚才一定是在我没注意的时候飘了一阵风，窗户没有钩上，被吹开了。

但是眼见一扇窗户毫无缘由地自行开启还是令人心里很不舒服。你搞不清楚这一切究竟是真实的还是你的想象。

希斯躺在床上，紧张而又平静地期待着什么。她没有被完全惊呆，她在静待着事情的进一步发展。它若要来就来吧，让它把她再次带入那万劫不复的黑暗之中。

她思绪泛滥。明天是我的最后一天，这个念头在脑海中一闪，所以今晚窗户开了。明天她要去做的事情与冰宫有关。在那里，有些事情注定将要发生。恐惧如同冰冻湖面的一条裂缝，发出骇人的声响，她的手脚变得仿佛不听使唤了。

这趟旅行是我先提起的，而且毫不费力就把大家给说服了。但是现在看起来，明天冰宫那边可能会有什么事儿要发生。

明天将是它的末日。洁白硕大的冰块颤抖着，在河水持续而猛烈的进攻下，将在瞬间被击成粉碎。

她甚至可以预见这一切。一群人在激动地奔跑着，他们完全无从知晓她心底的秘密。他们在那里登高爬低，她冲着他们大声呼喊：危险——！但是她的喊声被咆哮的水声淹没了。然后他们朝着冰宫的顶部奋力攀登，她冲在第一个。他们在上面疯狂而兴奋地互相打着手势，情况危险，他们全然不觉，还在继续向着高处攀爬——于是，那一刻终于来了，这是预料之中的事儿。冰宫与河流静候此刻已

159

经多时。她早就知道了。现在它即将崩溃，而他们全都站在它的顶上，是她把所有人一起拽入这场灭顶之灾，与她一起陷入脚下未知的巨大裂缝之中。冰宫在水流的冲击下摇晃着，裹挟着在它之上的所有人，轰然坍塌，随即卷入波涛汹涌的河道。一切就此结束。她早就知道会是这样一个结局。那天晚上，当她遇见那些搜救队员，当他们站在这里从胸臆中发出心底那支哀歌的瞬间，她已经预料到会有今天这样的结局。

她盯着窗外的黑暗出了神，脑海中浮现出刚才那一幕。虚构这些对于她来说毫不费力。它就立在那里，她清楚地知道明天即将发生的一切。她没有惊慌，像是一个旁观者在观望——虽然她自己也身处其中。

明天我需要把这一切都来一遍吗？

真的需要我去吗？

不，不！

从敞开的窗户外面飘来一阵细微的风，她没有起身去关窗。她不再惧怕黑暗。可是无论如何她还是无法做到在黑暗中伸出双臂去关窗这个动作。

与老姨分别的时候，她说过她不再畏惧黑暗，当时她说这话的时候，心里确实是没有恐惧的。

现在看起来我还是个胆小鬼。可是我就是不想走过去关上那扇窗子。

衣柜里挂着好几件大衣。她拿出来铺在床上，这样晚上她不至于被窗外的风吹感冒。她没法背对着窗子，也不想关灯。她也不愿意在黑暗中一直想着这扇开启的窗子——于是她面朝窗户躺下，直至意识朦胧，迷迷糊糊地睡了过去。

6. 林间风笛手

周日的早晨，天寒地冻，太阳还未出来。

希斯离开家的时候。从褐色的田野望过去，冰封的小溪已经出现了一道裂缝。大家约好一大早出发去瀑布那边的冰宫。

她径直往前走。一整夜的似睡非睡，并未给她带来多大的影响。难道今天就是我的末日？快别胡说八道了。天色大亮，人的想法也会随着环境的改变而变得不同起来。

对希斯而言，这是个令人紧张的早晨。

四月的夜晚，水汽在草丛里凝结成冰晶，这些单薄脆弱的银色装饰，并未能阻止水流前进的脚步。水在四处留下自己的痕迹，它出现在湍急的溪流里，充盈而愉悦，发出清亮欢快的响声，无须任何理由，仿佛这是一个节日的早晨。融冰之后，大湖的水几近满溢，湖面笼罩着一层薄雾，大大小小的冰块漂浮在湖面上，黑色的湖岸镶嵌在湖的周围。离它很远的地方，流淌着一条大河，咆哮着发出巨大的能量。

希斯非常熟悉这个声音。此刻，她正带着一颗颤抖的心，循声而去。

她一刻不停地往前走着，看着眼前这汁液饱满、生机勃发的春天，嗅着脚下湿润的泥土散发出的芬芳气息。她

161

行走其间，心在止不住地颤动。那个含着温柔嗓音，从林间枝头发出迷人声音的风笛手已经到来了，她沉醉在忧伤与欢愉的情愫之中。

我们是林中的风笛手，痴迷于眼前的一切，这一切都令我们情不自禁。

一切都是赤裸裸的，如同初生婴儿般呈现在眼前。湍急的河水中央立着一块石头，像一把斧子，一动不动地矗立在水中，将我们与此刻分离，好让我们尽快到达彼岸。有人在那儿等着我们。一只没头没脑的雀儿朝着巨石飞撞过去，摔倒在石楠丛中，扑棱着翅膀飞走了，再也没有回来。

有人正在等着我们。

直到此时我们才意识到，我们正行走在密密匝匝的白色桦树林中。有那么一刻，我们自顾自地走着，现在我们终于来到这里，有人正在等待着我们。有短暂的时刻为我们存留。

一只鸟儿从头顶掠过。一条长满桦树林的陆地伸入湖中，那是属于我们的短暂时刻。

希斯自语道：今天我要回到伙伴们中间。

那是为什么？

什么为什么？

这个提问似乎撞到一面空墙，被弹了回来。

不清楚是为什么。

希斯出来得很早，她以为自己会是第一个到达集合地点的人。如果是这样的话，事情就简单许多。在将自己封闭多日之后，她打算回归集体——就因为这个原因，她想提前到达，这样等其他人到的时候，她就可以一个一个地分别与他们打招呼。她似乎还没有做好心理准备，她缺乏同时面对一群人的勇气。

实际情况却是有人和她有一样的想法，而且还比她早到了。希斯到达的时候，那个沉默不语的领头小姑娘已经在那里了。当初希斯在学校选择靠边站的时候，这个小姑娘很自然地就替代希斯成了大家的领头人。几乎没有任何多余的话语，谁也不明白是怎么回事。她看上去精力充沛，颇有主见，马上就得到了大家的认可。整个冬天希斯站在一旁观看，渴望能和她成为朋友，但是始终没能迈出这一步。这会儿她泰然自若地走上前去，主动和她打招呼。

"你这么早就到了呀？"希斯问道。

"我也正想这么问你呢。"

"我想早点儿到，这样等他们来的时候我会容易一些。"希斯坦诚相告。

"嗯，我想是这样的。这也是为什么我要早点儿过来，我想赶在大家到来之前单独见你。"

"怎么回事？"希斯明知故问。

"哦哦，这个嘛，你懂的。"

她们仔细打量对方，确认彼此眼中并无敌意。希斯压抑住内心示好的冲动，这个等会儿再说也不迟。她感觉自己并不占上风。此刻，女孩子的脸绷得紧紧的，全然没有往日的柔和与宁静。

"昨天放学和你走在一起，感觉真是太好了。希斯，我发现其他人也有同感。"

希斯不语。

"其实你心里也承认。"

"是的。"希斯柔声答道。

"但是你也不能因为那事就一直把自己高高挂起。"女孩开口说话，尽量让自己的语气显得强硬一些。

"高高挂起？"

"噢，我还以为你明白呢。这样吧，咱俩得在大家到来之前把这事儿说清楚。"

她的声音变得很紧张，"希斯，这个冬天大家过得都不开心。"她不依不饶地对希斯说道。

希斯的脸涨得绯红。

"你为什么要这样？"女孩追问道。

"我不是冲着你们来的，事情不是你想象的那样。"希斯支吾道。

她本想说这一切都是因为她曾许下过一个诺言，但是转念一想，她早就知道有这么回事儿。大概所有人都知道她许下诺言这事儿。现在再提起它也没啥用。这个引人注目的姑娘继续说道："你给我们的感觉就是冲着我们来的，你本可以和我们站在一起的，难道不是吗？"说这话的时候，她的眼里带着一丝轻蔑的神情。

希斯埋下头，说道："我觉得我不该那样。所以，后来你也看到了，我也就不和你们在一起了。"

"于是你就也学着她的样子，一直站在墙角边。"

希斯突然暴跳起来："不许你这样说她！你要是再这么说，我就——"

这下轮到那个领头的姑娘脸红了，她结结巴巴地说道："当然不是，我不是那个意思——"

但是她很快就恢复了常态，因为她知道以她为首的这个小集体在这件事上是无辜的。希斯也从这次试探中领教了她的厉害。那姑娘恢复常态，平静地看着希斯。

希斯可以感觉到她的力量，这姑娘自带一股震慑力。之前她的这种能力一直处于被压抑的状态，直到这个冬天才彻底释放出来——她和那个穿靴子的男生一样。

"你不要介意我刚才说的话。"她说。

"不会的。"希斯答道。

"确定？"

希斯点点头。我们应该在一起。她想。

那姑娘小心翼翼地问道："你想带我们去看什么？"

"你是说在冰宫那边？"

"嗯，一定是有什么情况吧？"

"是的，但是我不能告诉你。"希斯无助地说道。"只能让你们自己去发现。"

"你说起这事儿的时候显得怪怪的。"

"你们谁也没有去过冰宫，对吗？那天晚上，你们都没在场。"

"是的。"女孩有些羞愧地答道。

她们陷入了沉默，两个人静静地站在一起。其实我们应该像这样多待一会儿。

"我觉得他们快要到了。"女孩说。

"是的。"

"你怎么了？"

希斯显得局促不安，她看着眼前这个与她年龄相仿的女孩，仿佛面对着一个陌生人。要是我俩能出现在同一面镜框里！她的思绪涣散。"你怎么了？"就在她几乎失控的一刹那，她被问住了。看着眼前的伙伴，希斯如同灵魂附体，一切似乎正在重复发生。"是这样的——"她说道。

女孩等着她开口。

她接着说下去。

"你瞧，发生了这么多不可思议的事情。"

"是的，希斯。"

再没别的了，短短几个字：是的，希斯。不过还是直击她内心。无论如何我们最终都会在某种程度上走到一起。

就在这当儿，一个阴影飘了过来，横亘在她们中间。她立刻不假思索地说道："你不该来找我的！"

"什么？"

"它还会重复发生的！"她发疯地喊道。

那女孩牢牢地抓住希斯的手："别离开我们——我们就在你身边，现在再也不许你离开我们了。"

希斯感激她紧拽的双手。

"你听到我说的了吗？"

"嗯。"希斯应道。

少顷，女孩松开她的手。一切发生在瞬间，没有持续多长时间。希斯转过身，随手拾起一根柳枝，从上面掰下一枚柳芽儿。这时候，树丛后面传来说话的声音，无论刚才发生了什么，这声音都让人有一种解脱的感觉。

这个内心强大的姑娘开口说道："他们来了，太好了。"

"是的。"

她俩立即就被三四个兴致勃勃的同伴团团围住。

"嗨，希斯！"

"你们好。"

希斯原来打算一个个地分别与大家打招呼，现在她的计划被队长给搅乱了。

其他人陆续到达集合点，于是他们出发了。

这个谨慎的女生一言不发地随着众人走在队伍当中，有个男生在前面领路。希斯几乎没有意识到，她正与他并肩前行。她注意到他就是当初那个用靴子好心将她从悲伤中唤醒的男生，自从经历过那个痛苦的早晨之后，他就脱颖而出成了大伙儿的领头人。他同时还在其他的一些场合出现过，但都不如那天早晨的那一脚靴子给人留下的深刻印象。

希斯给自己找到一些话题。

"都说你知道有一条近道可走？"

"是的。"他突然答道。

"你经常走这条道吗？"

"不是。"他尴尬地答道。有点冷落她。

她落到了他的身后。

我今天究竟应该怎样表现才好？

经过树林的时候，大家呈放射状散开，然后再鱼贯滑出，重新聚在一起。希斯发现自己成了众人的中心，不禁感到羞愧。但这也没有什么不好的，那个强势的姑娘似乎消失了，不再利用她在众人心中的威望。大家全程紧随希斯，基本上互相不交谈。所有人都意识到这是一次严肃的户外活动。

每个人都在小心地克制着自己，不敢有任何闪失。谁若是不小心发出一点噪音，其他人只会用敌意的沉默来提醒他，他自然会明白的。因为大家都意识到这将是一次充满纪念意义的朝圣之旅。

不言而喻，冰宫对于希斯具有特别重要的意义。出于某种原因，希斯决定邀请大家与她一同前去，他们当然欣然接受，不难看出，这不是一次普通意义上的滑雪，而是一次非比寻常的郑重之旅。

现在他们刚到达第一个山谷。

今天他们打算横穿几个小峡谷。此刻，太阳已经升到空中，暖融融地照耀在去年冬天那片荒芜苍白的原野上。空气中闻起来有一股奇妙的味道，不禁让人忆起童年的情景。此刻，它如同一枚压舱石，沉甸甸地躺在心底的某个角落，只是他们尚未知晓。空气中只留下轻微的痕迹。一群人表情凝重地向前滑行，可是林间风笛手的低吟声让他们的眼角禁不住流露出狂野的神情。

希斯被大家簇拥在中间，如果她想稍微靠边一点，所有人会立即跟上，重新将她围住。她瞟了一眼滑在最边上的那个性情爽快此刻却沉默不语的姑娘，心想：他们真不该这样。

他们朝向第一个山谷逶迤滑去，然后是上坡——从那里可以看到远方的瀑布，这也是所有人奋力攀爬的原因。

看哪，远处就是那座雪白壮观的冰宫，此刻它正矗立在春天深色的原野上，还没有被洪水冲掉。

她发现大家的目光此刻都汇聚在她身上。

"我们要不要在这里歇一会儿？"她问道。

其实她不需要休息，这群充满活力的少年也不需要。但是他们还是在山顶上坐下来歇息片刻，眺望远处的冰宫和瀑布。

有什么不对劲儿的地方吗？那个带队的男生走到她跟前，小声问道："我们要不要从这里折返？"

"回去？"她脱口而出。

难道他看出什么来了？还是她自己想逃避？究竟她在

害怕些什么？她不知道。

"为什么这样问？我们当然不会就这样折返吧？"

"不会。"他说道。"那这样的话，我们可以往前走了吗？"

"当然可以啦。"

队伍还没有散开。于是大家沿着刚才那条雪道，怀着非同寻常的使命感向前滑去。他们进入第二个山谷，大地顺着斜坡切入深深的谷底，风景顿时从眼前消失了。

现在轮到希斯惴惴不安了。

他们默默地滑过广袤的原野，若有人见过他们平日里在学校的模样，那是无论如何也无法相信这是同一群孩子。

不会太久了。

什么不会太久？

进入第二个山谷的时候，希斯变得紧张起来，她知道后果将是什么，这一切无法回避——她愿意踏入自己亲手编织的网罗之中，对此她记忆犹新。

她忐忑不安地告诉自己正在发生的一切：我要回到他们中间。

山谷里横亘着一条小溪，大家一跃而过。他们无心停留，急匆匆地朝着陡坡攀爬——再次上到一个可以瞥见并且更加接近此行目的地的高度。

他们本打算以一种庄重的举止来完成此次出行，可是到了后半段大家几乎是连奔带跑地爬上坡顶。他们似乎在与时间赛跑，想急忙赶在冰宫倒塌之前到达。好一阵紧张的狂跑。

现在他们终于可以听到瀑布的水声了。这声音从山谷中发出，不甚响亮，它仿佛盘旋而上顺势朝他们迎上来。

站在山顶，可以清晰地看到那座雪白的冰宫，虽然隔着一段距离，它看上去仍然显得无比庞大。它不属于这个尘世，却在那里停留了太长的时间，咄咄逼人地耸立于希斯眼前。

大家密切关注希斯的一举一动，眼前的景象也感染了在场所有的人。那个领头的女孩走近她，低声问道："你想回去吗？"

大约所有人都觉得希斯会害怕面对这一切，于是这个问题再次被提起来。

"不。为什么？"

"不知道。只是你看上去有点怪怪的。"

"那只是你的想象罢了。难道你们不想去那边看看吗？"

"这是你的旅行，从头到尾都是你的主意。这点你很清楚。"

"是的。"希斯承认道。

"如果这会儿你打算往回走，我们很愿意陪你一起。因为你看上去确实有这个意思。"

"没有，我现在就可以告诉你，不是这么回事儿。"

希斯绝望地看着眼前这个态度强硬、头脑清醒的女孩。她对于希斯关于冰宫的回忆一无所知。

"好吧，随你便。"女孩回头对大家宣布，他们现在直接去瀑布那边，然后在那里野餐。

他们朝着第三个峡谷滑去，所有人都不紧不慢地跟着。空气中有一股驱散不掉的沉重与肃穆。

进入第三个峡谷，地面开始变得崎岖不平，到处是灌木丛和树林，大家不得不分散开来，择路而行。峡谷中那条小溪行至此处，水量充盈，浪花翻卷出细小的泡沫。

　　希斯正发觉自己独自走在一片灌木林后面，马上就有人追了上来。是那个带队的男生，这会儿他已经不在前面领路了。望着他闪闪发亮的眼睛，希斯不假思索地脱口而出："你想干什么？"

　　"我也不知道。"他说。

　　她感觉他的目光一直追随着她。"现在谁也看不到我们。"他说。

　　"全世界都不知道我们在这儿。"

　　"来，咱们一起跳过这条小溪吧。"

　　他拉起她的手，他们一跃而过。这种感觉很奇怪，但是很快就消失了。他握着她的小拇指往前走了几步，然后才松开手。这也非常奇妙。他感觉到那只小拇指轻轻地往他的手心深处探了探，一个很自然的下意识的举动。

　　他们加快步伐，绕过灌木丛，追赶队伍。

　　他们来到冰宫脚下，它看上去俨然是个庞然大物——苍白色的巨大冰块，还有水花四溅的瀑布。一阵粗粝刺骨的寒风从瀑布那边吹过来。他们尽量靠近瀑布，不一会儿，所有人的外套表面都变成了浅灰色，蒙上了一层丝绒般细密的水珠。水雾升腾至冰宫的中部，再变成密集的雨点落下来。空气在颤动。

　　他们大声说话，可是谁也听不清对方在说什么，只能看见彼此激动开合的嘴唇。所有人浑身上下都湿透了，空气中的湿气非常大，令人无法忍受。于是他们往后退几步，以便能听见彼此说话的声音。

　　希斯被大家团团围住。他们把她一路领到这里，居然还成功了——每个人的脸上都掩藏不住内心的成就感。与此同时，他们又被眼前这个庞然大物所折服，他们都是因为一个如此特殊的原因才被引到这里的。

希斯情不自禁地想起了那些曾经站在这里的人们。眼前咆哮的瀑布，有哀歌环绕其中。时光流逝，将一切改变。但是她仍清楚地记得那首从人们胸臆中吟唱出来的哀歌。

一切不复存在。难不成这一切都是虚尢缥缈徒劳无功之举？哦不，当然不是。它将永远刻印在人们的心中，他们是那天晚上站在这里的人。

但是冰宫很快就会倒塌，然后一切将恢复平静。只剩下这条桀骜不驯的瀑布，充满在天地之间，撼天动地，永无止息。

一切都会回到从前的，希斯。

有人拽了一把她的胳膊——她正陷入沉思，不能自拔。

"希斯，你不想过来吃点什么吗？"

"我这就过来。"

她从沉思中惊醒，眼前是一张张友善的脸庞，他们的脸上分明写着渴望，期待着她的加入。此刻所有的庄重与肃穆都暂时被放到了一旁。

只消一会儿，他们就会出现在雨雾中，奋力朝着冰宫的顶端冲刺。从山坡上，可以清楚地看到冰宫正张开它那巨大的冰爪，牢牢地附着在河流两岸的大地上，虬结于巨石，山谷与树林之间。即便如此，瀑布还是有足够的力量将其撕得粉碎。这漫长而令人疲惫不堪的过程大约已经快要达到它的极限，只不过整个过程是肉眼不可见的，这场深藏不露的拉力赛自始至终在悄悄地进行着。

冰宫顶上的冰和其他地方没什么两样，雪白的冰面被阳光晒出一些坑坑洼洼的点，不再晶莹剔透。

"我们可以到那上面去吗？"有人在一片吵吵嚷嚷中发问。

希斯心里一惊，想起当初她躺在床上编出的那些情节和故事。

"不可以去，那很危险的。"她说道。然而，她的声音被瀑布的喧嚣声盖住了。

"当然可以啦！"领队的男生突然跳到她跟前，大声兴奋地喊道。

他们立即蜂拥而上，还没等希斯明白过来是怎么回事，她已经在队伍中间被大家推着往前走了。就在迈步的瞬间，她突然感觉到冰宫这个庞然大物的震颤。

"你们难道没觉得吗？"她竭尽全力大声喊道。

他们什么也没听见，所有人都在大声说话，到处是吵吵嚷嚷的声音。

"万岁！"有人在放声大喊，这声音无拘无束，想必他们已经占领了制高点，正随着逐渐下沉的冰宫在沸腾的泡沫中欢呼：乌拉！

他们两眼放光，兴奋地攀爬在冰宫的穹顶、冰缝和山巅之上。他们略带小心地注意脚下，并未完全忽略眼前的危险。他们同时还知道，但凡有大人们和他们在一起，是绝对不可能上到这里来的。希斯也不再提醒伙伴们，她两眼发亮，沉浸在自己的快乐之中。紧接着他们听见一阵爆裂声。

"砰"的一声，从脚下冰宫深处传来一阵爆炸声响，听起来像是一种爆破声或撞击声，仿佛有人在猛击一口沉甸甸的大钟。但这是一次实实在在的爆裂，伴随着这毁灭性的声响，它充满危险地立在那里。冰宫一定是在哪里裂开了一道口子，这是死亡发出的第一声警告。

这声音盖过了瀑布的喧腾声。

刹那间，所有正在冰宫上面的人脸色变得煞白，每个人都慌忙不迭地夺路而逃。他们手脚并用，怎么方便怎么来。他们可不想与冰宫同归于尽，他们还没活够呢。

哦不！我可不想死。当希斯与大家一起忙着逃生的同时，她在心里想着。这简直和她当初躺在床上设想的情景一模一样。

大家站在平地上，惊魂未定地回头看看冰宫是否会完成它最后彻底的毁灭。然而它还立在那里。接下来什么也没有发生。那一大块冰岿然不动。它只是由内而外地发出了一声巨响，然后一切归于宁静。不断有大量新的河水从上面翻涌下来，冰宫承受着所有的压力，岿然不动。

所有人都不同程度地受到了惊吓，他们退到瀑布下方的河岸，重振信心，毕竟是平安落地了，大家有了可供日后夸口的谈资。不过，他们还不打算这么快就走开，冰宫仍然牢牢地吸引着他们，每个人的眼睛闪闪发亮。

他们兴奋地望着希斯，可是她无法与他们对视。山顶上疯狂的一刻已经过去，难道他们不知道此地不可久留？他们不懂，也没理由知道这一切。他们不过是想冒险而已。

或许他们读懂了她的表情，那么他们会对她感到失望吗？他们应该知道这里不是他们久留之地，那咆哮不止的瀑布充满天地之间，却永远无法填满空虚的灵魂。他们是不知道这些的。他们眼里看到的只是冒险，并为此兴奋不已。

过了一会儿，她站起来说："我不想待在这里了。"

没人问她为什么。

领头的女孩过来问她："你想回去吗？"

"不是，我只想离这里远一点，站到那边去。"

"好的，我们一会儿也过去。"

希斯慢慢地走开，走进树林里。她的身后是那条通向众人的路。

不行，我现在不能离开他们。

我已经和他们在一起了。

她走进树林，在一块石头上坐下来。林子里没有一片树叶，修长纤细的树干随处可见，一直延伸到很远的地方。希斯坐在一块峭壁的斜坡下方，峭壁挡住了瀑布的喧闹声，但是从空气中还是可以感觉得到它的震荡。水流狂野而无止息，不停地更新，向前奔涌。

她思忖着这一整天大家对她的体贴与关照，等他们过来的时候我必须有所表示。可是要怎样表示呢？

她坐在那里想了半天，静等身后轰然坍塌的那一声巨响，好让她知道这一切终于发生了。然而什么也没有发生，耳旁只是瀑布不变的轰鸣。

无论如何，一切都结束了。

所有的事情都将在这里结束，必须有个了断。

今天我真的得打破我的诺言。

我这么做都是为了老姨，是因为她我才这么做的，其实我心里并不知道自己是否应该这样。

但是我应该这样做。

谢谢你，老姨。

等我找到老姨的地址，我要给她写封信。

她在那里还没坐多久，就听见松软的林地上有干树枝折断的声响。有两个人影正朝她走来，是那个男生和女生，他们俩同时向她走来。

仿佛卸下了所有的重担。她站起身来，脸色微微泛红。他们就在那里，正朝着她走来。

7. 冰宫的倒塌

　　谁也没有目睹冰宫倒塌的全过程。它在半夜倒下，正当孩子们熟睡的时候。

　　无人亲临其境。一阵无声的喧嚣与骚动通过空气震荡传到卧室上空。没有人在夜里醒来，爬起来问个为什么。

　　无人知晓。

　　于是，冰宫带着它所有的秘密消失在瀑布之中，伴随着一阵猛烈的挣扎，旋即消失得无影无踪。

　　在这半明半暗乍暖还寒的春夜，空旷的夜空发出一阵狂野的躁动。一场毁灭，正在挣脱它日渐消耗的内核，冲向虚无的境地。垂死的冰宫，在它即将放手离去的最后时刻，余音缠绕不绝。伴随着它铿锵有力的挣扎，仿佛有声音在说：里面真黑啊。

　　水的力量将它击打得粉碎，卷入泛着白沫的瀑布之中。巨大的冰块互相撞击，碎裂成小块，更方便了水流的裹挟。冰块为自己筑起堤坝，继而又被河水冲垮。它在多石的河岸之间，顺着宽广的河面一路冲将而下，它们时而悬浮在水面上，继而又消失在下一个弯道里。整个冰宫就这样从地面上消失殆尽。

　　河流两岸的陆地上还残留着一些痕迹：被掀翻的大块

177

石头，连根拔起的树木，还有一些被撕掉树皮的弯曲嫩枝。

没等人们从睡梦中醒来，大坨的冰块已经顺着河道凌乱地涌向下游的湖泊。它们在湖面上四处散开，冰块的棱角在水面突起，漂浮着，渐渐融化，归于无有。

图书在版编目（CIP）数据

冰宫 /（挪威）塔尔耶·韦索斯著；张莹冰译. —北京：中国国际广播出版社，2019.12（2024.1重印）
（北欧文学译丛）
ISBN 978-7-5078-4528-0

I.①冰… Ⅱ.①塔…②张… Ⅲ.①长篇小说－挪威－现代 Ⅳ.①I533.45

中国版本图书馆CIP数据核字（2019）第178096号

著作权合同登记号 01-2020-0136

This translation has been published with the financial support of NORLA.

N
NORLA
NORWEGIAN LITERATURE ABROAD

冰 宫

出 品 人	宇 清
总 策 划	田利平
策 划	张娟平 凭 林
著 者	［挪威］塔尔耶·韦索斯
译 者	张莹冰
责 任 编 辑	张娟平
装 帧 设 计	Guangfu Design｜张 晖
校 对	张 娜

出版发行	中国国际广播出版社有限公司 ［010-89508207（传真）］
社 址	北京市丰台区榴乡路88号石榴中心2号楼1701
	邮编：100079
印 刷	天津鑫恒彩印刷有限公司

开 本	880×1230 1/32
字 数	135千字
印 张	6.25
版 次	2019 年 12 月 北京第一版
印 次	2024 年 1 月 第四次印刷
定 价	49.00元